DANCE WITH THE ELEPHANT
與象共舞
趙麗宏◎著

【編者薦言】

與天地共舞

朱墨菲

對於大象，除了馬上聯想到牠們的長鼻子和龐大的身軀以外，你還會想到什麼？而一向被人視爲呆笨技窮的驢子，你又有什麼看法？許多動物在人類的眼裏看來不值一提，或者因爲以訛傳訛的刻板印象而厭惡牠們，甚至有些動物在人類的心目中，只淪爲滿足口腹之慾的代名詞；對於這些不平等的待遇，動物們只能默默地概括承受，一一照單全收，仍然任勞任怨地爲人類付出牠們的所有。

《與象共舞》中，作者刻畫、抒寫、紀錄了各種動物的故事，透過清新的文字，企圖打破你對這些動物的傳統印象，推翻你對牠們的既有評價，而看到牠們真實的另一面。書中不但談到了生活中許多飛禽走獸的有趣聽聞，也有作者與這些動物實際相處的情形。

從作者的描述中，我們看到了可愛忠心、爲了救難而犧牲性命的狗兒，以及爲了追尋寶貴的自由而努力抗爭的鳥兒，或是形象駭人恐怖的大蛇，更有通人性、擅用各種動作取悅人類的大象。

從這些故事中，你會驚訝的發現：原來人類對動物的態度，是不分國界的，在中國人心中地位崇高的老鷹，到了宇宙遙遠的另一端墨西哥，亦被視爲不可侵犯的神鳥。證明了地球上的各種生命，原就是互相依存、互有關聯，彼此共生共存，方能產生和諧平衡的世界。

正如愛，亦是不分國界的。

CONTENTS

與象共舞

在泰國，如果你在公路邊的草叢或者樹林裏遇到一頭大象，那是一件很自然的事情。不必驚奇，也不必驚慌，大象對螞蟻一般的人群已經熟視無睹，牠會對著你搖一搖牠那對蒲扇般的大耳朵，不慌不忙地繼續走牠自己的路。那種悠閒沉著的樣子，使你聯想到做一個人的焦慮和忙亂。

象是泰國的國寶。這個國家最初的發展和興盛，和象有著密切的關係。大象曾經馱著武士衝鋒陷陣，攻城奪壘，曾經以一當十、以一抵百地爲泰國人服役做工。

被馴服的象群走出叢林的那一天，也許就是當地文明的起源。泰國人對象存有親切的感情，一點也不奇怪。

在國內看大象，都是在動物園裏遠觀，人和象隔著很遠的距離。在泰國，人和象之間失去了距離，很多次，我和象站在一起，象的耳朵拍到了我的肩膀，象的鼻息噴到了我的身上。起初我有些緊張，但看到周圍那些平靜坦然的泰國人，神經也就鬆弛了。

在很近的距離看大象的臉，我發現，象的表情非常平靜。那對眼睛相對牠的大腦袋，顯得極小，但目光卻晶瑩而溫和。和這樣的目光相對，你緊張的心情很自然地會鬆弛下來。

據說，象是一種通人性的動物。在泰國，大象用牠們的行動證實了這種說法。在城市裏看到的大象，多半是一些會表演節目的動物演員。在人的訓練下，牠們會踢球，會倒立，會騎車，會用可笑的姿態行禮謝幕。最有意思的是大象爲人作按

摩。成排的人躺在地上，大象慢慢地從人叢裏走過去，牠們小心翼翼地在人與人之間尋找著落腳點，每經過一個人，都會伸出粗壯的腳，在他們的身上輕輕地撫弄一番，有時也會用鼻子給人按摩。

一次，我看到一頭象用鼻子把一位女士的皮鞋脫下來，然後捲著皮鞋悠然而去，把那躺在地上的女士急得哇哇亂叫。脫皮鞋的大象一點也不理會女士的喊叫，用鼻子揮舞著皮鞋，繞著圍觀的人群轉了一圈，才不慌不忙地回到那女士身邊，把皮鞋還給了她。

那女士又驚又尷尬，只見大象面對著她，行了一個屈膝禮，好像是在道歉。那龐大的身軀，屈膝點頭時竟然優雅得像一個彬彬有禮的紳士。

最使我難以忘懷的，是看大象跳舞。那是在芭堤雅的東巴樂園，一群大象爲人們作表演。表演的尾聲，也是最高潮。在歡樂的音樂聲中，象群翩翩起舞，觀眾都湧到了寬闊的場地上，人群和象群混雜在一起舞之蹈之，熱烈的氣氛感染了在場的每一個人。

舞蹈的大象，看起來沒有一點笨重的感覺，牠們隨著音樂的節奏搖頭晃腦，踮腳抬腿，前後左右顛動著身子，長長的鼻子在空中揮舞。毫無疑問，牠們和人一起陶醉在音樂中。這時，牠們的表情彷彿也是快樂的，我想，如果大象會笑，此刻的表情便是牠們的笑顏。

看著這群和人類一起舞蹈的大象，我突然想起了多年前聽說過的一個關於象的故事。這故事發生在俄羅斯的一個動物園，一天，一頭聰明的大象突然對飼養員開口說話，飼養員不相信自己的耳朵，然而，大象竟清晰地用低沉的聲音喊出了他的名字……當時看到這報導時，我認爲這是無稽之談。此刻，面對著這些面帶微笑，和人群一起忘情舞蹈的大象，我突然相信，那故事也許是真的。

離開泰國前，到一家皮革商店購買紀念品，售貨員拿出一個橘黃色的皮包，很熱情地介紹說：「這是象皮包，別的地方買不到的！」我摸了摸經過鞣製而變得柔軟光滑的大象皮，手指竟像觸電一般。在這瞬間，我眼前出現的是大象溫和晶瑩的目光，還有牠們在歡樂的音樂中搖頭晃腦跳舞的模樣……

人啊人，如果我是大象，對你們，我還有什麼話可說！

旅伴

是武夷山的腹地了。

舉目四望，世界是綠色的。竹子、鐵杉、青桐、鵝掌楸、黑松林……濃濃淡淡的綠，覆蓋了逶迤起伏的群山，風一吹，林濤四起，像群山深深的呼吸，給人一種神秘幽遠的感覺。最使人著迷的，是那條從高高的山坳中奔流而下的溪澗，山泉澄澈得如同有了生命的水晶，喧嘩著，打著漩渦，吐著白沫，蜿蜒流瀉在堆滿亂石的山谷裏。

我，在這個荒涼卻充滿詩意的山谷中住下了。投宿的小客棧臨溪而築，探頭便能看見那條又清又急的山澗。流泉的歌唱，整日整夜陪伴著我，白天給我詩的靈感，夜晚送我進入夢鄉……

然而畢竟有些寂寞。山中人煙稀少，小客棧裏除了我，只有一個來自縣城的收購組，七八個人，白天開著一輛麵包車進山收購山貨土產，傍晚才回來，天天如此。

小客棧的主人是一對外鄉來的中年夫婦，生得粗壯強悍，性情卻很孤僻，難得和人答腔，整天陰沉著臉，全然不同於那些熱情爽快的山民。白天，這裏除了客棧主人和我，便再也沒有其他人。只有客棧主人養著的一大一小兩條黑狗，懶洋洋地躺在院子裏曬太陽。

小黑狗還未斷奶，老是朝母狗肚子底下鑽，大黑狗是一位很溫順的母親，聽任小狗在牠身上胡纏。然而誰想逗小狗，牠便會瘋狂地叫起來，露出兇相。那小黑狗也會學樣，拼命地對著人亂叫亂咬。而在客棧主人面前，牠們卻像兩隻乖巧的貓，會做出一副媚態。我不喜歡這兩條黑狗。

傍晚，收購組回來了，和他們聊聊，聽一些山中奇聞，那是很有意思的。收購組裏帶隊的是一位模樣可敬的老人，鬢髮已經斑白，精力卻出奇地旺盛，天天帶著一夥人上山，總是興致勃勃，從來不露倦色。收購組裏還有一位年輕的姑娘，她悄悄地告訴我，那老人是供銷社的經理。

一天下午，收購組提前回來了。車門一打開，竟傳出幾聲輕輕的狗叫。第一個下車的是經理，只見他兩隻手各抱一條小狗，快活地笑著。這是一對可愛的小狗，金黃的毛色在太陽光裏閃著耀眼的光彩，像兩個毛茸茸的大絨球。經理把小狗放在臺階上，兩個小東西蜷縮著依偎在一起，亮晶晶的眼睛裏流露著驚恐和不安。

「才五毛錢一個，從山裏人家中買的。」經理輕輕撫摸著小狗的腦袋，笑著告訴我。

一個小夥子上來用鐵絲套住小狗的頸子，然後用繩子把牠們拴在廊柱上。過了一會兒，兩隻小狗彷彿自在一點了，先是搖著尾巴東張西望，隨即便互相撲打著玩耍起來。

院子裏的兩條黑狗也過來看熱鬧了。牠們默默地站在一邊，漠然凝視著兩位新來的陌生同類，既無歡迎的表示，也沒有厭惡的神情。看了一會兒，小黑狗失去了好奇心，又鑽到大黑狗的肚子底下，急忙忙地去尋找乳頭了。

兩條小黃狗比小黑狗還要小一點，也許早晨還含著母親的乳頭呢。此情此景，大概使牠們想起了自己的母親，牠們不顧牽在頸子裏的麻繩，掙扎著朝大黑狗撲去。大黑狗卻如臨大敵，齜露著白花花的利牙，兇狠地衝牠們狂吠起來，小黑狗也在一邊跟著亂叫。兩條小黃狗失望了，又瑟縮著擠在一起，耷拉著腦袋再也不敢動。

哦，這一對失去了母親的可憐的小東西！

傍晚，廚房裏人聲喧鬧，只聽見收購組的幾個小夥子快活地大聲嚷嚷：「經理下廚，經理露一手！」

我走進廚房，只見經理圍著一條白圍單，滿臉紅光，正興致勃勃站在鍋灶前親手炒菜。客棧的那一對夫婦也在一邊忙碌著，陰沉的臉上露出難得的笑，紅紅的鼻尖上冒著油汗。屋裏，一股熱烘烘的茴香和肉的香味兒在繚繞。

見我進來，經理笑呵呵地招呼道：「來，今晚和我們一起會餐吧，吃狗肉！」

狗肉！哪裡來的狗肉呢？見我驚奇，一個小夥子便說：「就是今天帶回來的小狗嘛，殺了。」

我一愣，退了出來。

吃晚飯的時候，收購組的屋子裏又叫又笑，熱鬧極了。

小食堂裏，顯得很冷清。那個姑娘沒有參加聚餐，和我在一張桌上吃飯。我忍不住問她了：

「妳怎麼不吃狗肉？」

「吃不下。」

「兩條小狗都殺了？」

「本來都要殺的，一隻給跑了，不知道躲到哪兒去了。」

姑娘說著，抬頭看看門外。天已經全暗了，什麼也看不見，黑黝黝的山影映在深藍的天幕上，遙遠而又神秘。屋後那條山溪嘩嘩地轟響著……

山中，一個沉默的夜晚。我一反平時的習慣，早早地睡了。屋外的流水聲裏，隱隱約約，似乎有狗在幽幽地叫……

半夜裏，我被一種奇怪的聲音驚醒了——屋外，彷彿有一個小孩在嚶嚶地哭泣，並且不時輕輕敲著門。這裏，根本沒有什麼小孩，況且是半夜三更！我不禁毛骨悚然了。

這聲音斷斷續續，卻並不消失，看來，決不是錯覺。我叭地一聲拉亮了燈。燈亮後，這聲音更響了，門被撞得一顫一顫的。我猛地拉開門，不由得驚叫起來——門檻上，蹲著一條小黃狗，小黑鼻子濕漉漉的，眼睛裏彷彿噙著淚花。哦，準就是死裏逃生的那一隻！

小黃狗走進屋來，蹲在屋子當中，定定地瞅著我，乞求似的眼神裏，閃爍著信任的柔光。

對了，明天一早，收購組就要回去，不能讓他們帶走牠。我把小狗留下來了。奇怪得很，進屋後，牠再也沒有發出任何聲音，安安靜靜在我的床底下睡了一夜。

第二天起床時，收購組已經出發了。

門一開，小黃狗便躥了出去。牠好像要尋找什麼，在院子裏轉了好幾圈，一無所獲，低著頭走到屋後的溪澗邊，嘩嘩的流水聲，使牠振作起來，牠抬頭望著在石灘上曲折迂迴、雪浪飛捲的溪流，望著水煙迷濛的山谷，一動不動，像一座小小的雕像，不知在沉思些什麼。

兩條黑狗發現牠了，蹦跳著跑過去。小黑狗衝牠叫了一聲，使牠中斷了沉思。牠轉身望著兩條黑狗，無動於衷。

彷彿是爲了刺激牠，小黑狗一頭鑽到母親身子底下，美滋滋地吃起奶來。小黃狗心動了，慢慢向前走了幾步，然而沒容牠走近，大黑狗便齜牙咧嘴地撲上去，狠狠地在牠的脖子上咬了一口。小黃狗一聲慘叫，急忙逃進了我的屋子。一見到我，牠便委屈地嗚咽著，用小腦袋拭揉著我的腳……

小黃狗和我熟了，整天跟著我轉。吃飯時，我總要留下一些飯菜餵牠。我叫牠小黃。

這是條聰明的小狗，非常招人喜愛，只要叫一聲「小黃」，不管在什麼地方，牠都會蹦蹦跳跳地奔過來，親暱地用頭撞我的腳，在我身邊打滾，還不時直起身子用兩條後腳走路，引我發笑。而對那兩條黑狗，牠總是離牠們遠遠的。這個可憐的

孤兒，大概不願意原諒這一對同類的無情和勢利。

非常奇怪，每天早晨，牠總是一動不動地蹲在那條溪澗邊，呆呆凝視著山泉奔騰遠去，傾聽著震撼空谷的流水聲，不知道在想些什麼。我在溪澇洗臉刷牙，牠居然也毫不理會——在其他時候，牠是必定要朝我奔過來的。也許，牠是在思念失散和死去的親人們了……

有時，我要到山裏作一些訪問，路遠，不能帶著牠。臨走，我便設法躲開牠，然後再悄悄離開。回來時，牠總是蹲在院子門口等著，一聽到我的腳步聲，便迫不及待地迎上來，撲到我的腿上，嘴裏還輕聲哼著，彷彿訴說著和我分別後牠的孤苦和寂寞，使人禁不住湧起憐憫之情。

有一次，我到不遠的一所山村小學校訪問，決定帶牠去。走出不遠，迎面碰上了從小鎮上回來的客棧男主人。他板著臉，毫無表情地朝我點點頭，依然走他的路。

擦肩而過的時候，他突然站定了，眼光停留在我腳邊的小黃身上。

僵持了一會兒，他說話了，口氣很生硬：「爲啥帶牠去？這麼小的狗，弄丟怎麼辦？不行！」說罷，也不和我商量，一把揪住小黃的後頸脖，拎起來就走。

不管小狗怎樣掙扎，怎樣尖叫，他頭也不回，扭動著矮壯的身軀，噔噔噔直奔小客棧，丟下我一個人懵頭懵腦地呆立在路上。哦，在他的心裏，他是小黃理所當然的新主人了！

然而小黃卻不承認這個主人，一不留神，牠就會悄悄跟上我。

一天，電影放映隊進山放電影，我決定去看看，見識一下山裏人的文化生活。電影場設在幾里路外的一個小山村裏，天黑，路也不好走，小黃是絕對不能帶去的。那天有月亮，彎彎曲曲的山路好像一根銀白的飄帶，引著我走向幽謐森然的大山深處。走了一段路，我突然聽見路邊的草叢裏窸窸窣窣地響，不由緊張地站住了——這山中多毒蛇，會不會是這些長蟲們出來夜遊了！正愣著，小黃歡叫著從草

叢裏竄出來。這一下，我可犯愁了，白天還好，晚上跟我走那麼遠，而且天黑人雜，怎能擔保牠不丟失了呢！

電影場子裏的熱鬧出乎我的意料。幾百個山民，聚集在一塊不大的平地上，老老小小，一片歡聲笑語。爲了看這場電影，好些人是翻山越嶺趕來的。我和山民們聊著，感受著歡樂的氣氛。小黃開始還緊隨著我，電影開映後，牠蹲不住了，在我不注意的當兒，鑽進了密密的人叢。

電影，我是無心看了，在人群裏轉了好幾圈，不見牠的蹤影。電影結束後，人群一哄而散。我一直等到最後，牠卻始終沒有出現。看來，多半是跟別人跑了。

回客棧的時候，我雖然沮喪，可心裏卻依然亮著一線希望的微光：牠會回來的，不會就這樣不辭而別。快走近小客棧的時候，我突然感到褲腿被什麼鉤住了，低頭一看，是小黃！我一把抱起牠，重重地在牠的小腦袋上拍了兩下，牠也不掙扎，溫順地將腦袋擱在我的胳膊上，嘴裏呼哧呼哧喘著氣。我弄不清楚牠是從什麼地方鑽出來的，這真是個謎。

我啓程的日子臨近了。帶牠一起走，不可能。分手是不可避免了。小黃彷彿有點知道，整天跟著我，比以前盯得更緊。

客棧主人眼見無法阻止牠和我親熱，也就不管了。不過，他鄭重地關照了好幾次：不能帶牠走！「城裏不准養狗，帶去也要被殺掉！」他不知道從哪裡聽來的，說得有板有眼。

臨走的前一天，我到山中小鎮去買點東西，牠也跟了去。從小店裏出來，我又找不到牠了。小鎮不過三五家店面，牠能到哪裡呢？然而來回走了幾趟，呼喊了好一陣，牠還是沒有出現。

準備走的時候，我似乎隱隱約約地聽到一陣壓抑的叫聲，好像是小黃的聲音。於是我又轉回到小鎮上。

叫聲消失了一會兒，又響起來。這下聽清楚了，聲音來自一間門窗緊閉的小屋

子，我緊貼著門板上的縫隙看清了屋裏的情景：兩個十幾歲的孩子，正提起一個布袋朝灶膛裏塞，布袋劇烈地蠕動著，那壓抑的叫聲，就是從袋子中傳出來的！

我推門而入，從灶膛裏拖出布袋，袋口一解開，小黃就叫著躥了出來，看見是我，歡喜得什麼似的，一下子撲到我的身上，嗚嗚地叫著，像是哭，又像是在笑……

第二天清晨，我悄悄地離開了小客棧。小黃像往常一樣，獨自蹲在屋後的山澗邊，默默地凝視著那條永遠流不盡的溪澗奔瀉遠去，想著牠永遠不會被人知道的心事。轟鳴的流水聲包圍著牠，牠沒有發現我走，哦，最後不辭而別的，還是我。這個失去了親人的小可憐，不知今後還會遇到什麼災難。

走上公路，坐上準時到來的長途班車，我有些悵然，眼睛一眨不眨望著窗外。汽車發動時，我發現遠處的公路上出現了一個跳動的小黃點，逐漸大起來，大起來……

呵，是牠，牠追上來了。等牠奔到汽車邊上時，車子啓動了。牠抬頭望著車窗，眼睛裏亮晶晶的，好像噙著淚水。

車子越開越快，牠在後面拼命追，終於被拉下了，又成了一個跳動的小黃點，並且不斷地縮小，縮小，像一片在風中飄忽的黃葉，消失在武夷山無邊無際的綠色之中，消失在山間淡淡的晨霧裏。只有一陣陣淒厲的哀叫，久久地，久久地，伴隨著山澗幽遠的鳴響，在我耳畔飄旋，怎麼也不肯消失……

鷹之死

天是深藍色的。坐飛機飛越太平洋時俯瞰地面，大海就是這種深藍色，這無邊無際的藍色，深沉得令人心頭發顫發眩，想不出用什麼辭彙來形容它描繪它。只是由此聯想到世界的浩瀚，想到宇宙的無窮，想到無窮之中包藏著不可思議的內涵。也由此聯想到人和生命的渺小，在這廣漠遼遠的天地之間，生命不過是輕揚的微塵……

微塵，芝麻大的一個黑點，出現在深藍色的天空中，乍看似乎凝滯不動，彷彿釘在天幕中的一枚小釘。仔細觀察，才發現黑點在動，像是滑行在茫茫大洋中的一葉小舟。

「鷹。」

墨西哥嚮導久久凝視著天上的黑點，輕輕地告訴我。那對栗色的眼睛裏，閃動著虔敬神往的光芒。

「鷹。」

墨西哥嚮導追蹤著天上的黑點，嘴裏又一次發出低聲的呼喚。

這是在墨西哥南方的尤卡坦平原上，我們的汽車在墨綠色的叢林中穿行，高飛在天的孤鷹把我的目光拽離地面拉向天空。

鷹，是墨西哥的國鳥，在那面綠白相間的墨西哥國旗中央，就有雄鷹展翅的圖案，這是墨西哥人心目中的神鳥、吉祥鳥，牠是勇敢和自由的象徵。

鷹的形象逐漸清晰起來，寬大的翅膀張開著，也不見振動，只是穩穩地滑翔，

忽而俯衝，忽而上升，矯健的身影沉著而又瀟灑地描繪在深藍色的天空，那深邃無垠的蒼穹便是牠自由自在的王國。牠是遙遠的，也是孤傲的，人無法接近牠。

這時，我們的汽車駛進了一片墓地。濃密的樹蔭遮蔽了天空，鷹消失了。迎面而來的是馬雅人的墳墓。

墳墓形形色色，色彩繽紛得叫人眼花撩亂。形狀各異的墓碑和棺槨上，繪滿了鮮豔的花紋和圖案，有些墳墓索性被堆砌成宮殿和摩天大樓的模型。連大樓上的窗戶、壁飾和霓虹廣告也被精心描了出來。遠遠看去，這墓地就像是一座被縮小了的現代化都市。

在人跡稀少的叢林中，突然出現這樣一座繽紛卻又寂然無聲的小型都市，感覺是奇妙的，一種神秘的氣氛頓時籠罩了我的思緒。

馬雅人，這個古老奇特的民族，竟用了這麼多的顏色來妝點死者的墳墓，我不知道這是一種古老傳統的延續，還是現代馬雅人的創造。

死者是沒有知覺的，一切墳墓以及它們的色彩和裝飾，都是出於未亡人的需要，爲了向人們顯示死者家族的高貴和富裕，爲了讓人們記住死者生前的功德和地位……等等，等等。反正，安臥在墳墓中靜靜腐爛的死者，是什麼也不會知道的，不管你是顯赫的要人還是卑微的貧民，一俟黃土掩面，餘下的事情便是被泥土同化，人人難逃此劫。我想，假如死者有知覺的話，壓在他身上的碑石還是輕一些、簡樸一些爲好……

正胡思亂想著，汽車又來到了寬闊的公路上，天空依然是那麼深邃那麼藍，幾縷紋狀白雲在天邊飄浮，如同遠遠而來的幾線潮峰。

鷹還在天上盤旋，牠不慌不忙地飛，悠然沉穩地飛，看不出牠飛行的軌跡。這高飛的孤鷹，似乎正在執著地尋找著什麼，追求著什麼。牠的歸宿在哪裡呢？

鷹的歸宿當然也是死！

鷹是如何死去的呢？

鷹也有墳墓麼？

也許是剛從墓地出來的緣故，閃現在我腦海中的問題，居然都是死和墳墓。鷹呵，你高高地飛在天上，你是不會回答我的。

記起在四川坐船經過雄奇的瞿塘峽的時候，一位在山中長大的詩人曾指著峻峭的絕壁告訴我：「最悲壯的是鷹的死。當一隻老鷹知道自己死期將近時，便悄悄飛到絕壁上，在一個永遠也不會被人發現的岩洞中躲起來，默默地死去。人們無法找到鷹的屍骨。這渴望自由的生命，即便死了，也不願意被牢籠囚禁。假如靈魂不滅的話，墳墓也真可以算是另一種牢籠呢！」

也記起在新疆的大戈壁灘上旅行的時候，一位塔吉克獵人爲我吹奏的鷹笛。這是用鷹翅骨製成的短笛，那高亢、尖厲、急促的笛音彷彿來自天外、雲中，來自極其遙遠的另外一個世界。無論是歡快激越的曲子還是徐緩抒情的曲子，笛音中總是流溢出深深的淒怨，流溢出言語難以解釋的哀傷。

塔吉克獵人說：「鷹是神鳥，牠是屬於天空的。鷹死在什麼地方，人的眼睛永遠看不見。」

我問：「那麼，你手中的鷹笛是怎麼來的？」

獵人一笑，答道：「用槍打的。這可不是獵殺鷹呵！取鷹骨製笛是為了把鷹的精神和形象留在人間。獵鷹是一件極嚴肅的事情，只有那些衰老的或者病危的鷹，才能被打下來取鷹骨，而且必須經過有權威的老獵人鑒定。隨意獵殺鷹，天理不容！」

至於鷹的自然死亡是如何景狀，獵人一無所知。只能在高亢淒厲的鷹笛聲中由自己想像了，鷹笛的旋律飄忽不定，鷹的形象就在這飄忽不定的旋律中時隱時現，這是一隻生命垂危的老鷹，正展開羽毛不全的黑色翅膀，頑強地作著最後的翺翔。牠苦苦地尋找著自己的歸宿，然而歸宿隱匿在冥冥之中……

在墨西哥深藍色的天空下，這些關於鷹的見聞和回憶，在我的腦海裏迴旋著翻騰著，它們無法編織成一幅清晰完整的圖畫。這些流傳在中國的關於鷹的傳說，和墨西哥有什麼關係呢？

從車窗仰望天空，那隻孤獨的鷹仍在悠然翔舞，仍在尋求著誰也無法探知的目標。

鷹沒有國界，牠們大概是性情相通的吧，我想。關於鷹的死，在墨西哥不知是否有什麼傳說。那位墨西哥嚮導始終在注視著天上的鷹，陷在沉思之中。

「你們這裏有沒有鷹的墓地？」問題出口後，我有些懊悔了，這會不會冒犯主人呢？

墨西哥嚮導轉過頭來，栗色的眼睛裏閃爍著驚訝。他盯住我看了一會兒，目光由驚訝而平靜。還好，沒有惱怒的意思。

「鷹怎麼有墓地呢？」墨西哥嚮導指了指天空，用一種神秘而又驕傲的口吻說，「牠們的歸宿在天上。假如生命結束，牠們將在高高的空中化成塵埃，化成空氣，連一根羽毛也不會留在地面！」

這下輪到我驚訝了。這和我在國內聽到的傳說簡直是驚人的巧合。沒有國界的鷹呵！

也許，人是習慣於爲自己構築藩籬和牢籠的，對活人是如此，對死者也一樣。人類的歷史，便是在拆除舊藩籬、舊牢籠的同時，不斷構築新藩籬、新牢籠，這大概是人類作爲高等生物區別於其他生物的原因之一吧。鷹呢，鷹就不一樣了。我又想起了長江三峽中聽到那位詩人對鷹的評論：「這渴望自由的生命，即便死了，也不願意被牢籠囚禁！」

抬頭看車窗外的天空，那隻孤鷹已經不知去向。只有渺無際涯的深深的藍天，在我的頭頂沉默著，不動聲色地敘述著世界的浩瀚和宇宙的無窮……

致大雁

1

在澄澈如洗的晴空裏，你們驕傲地飛翔……

在烏雲密佈的天幕上，你們無畏地向前……

在風雨交加的征途中，你們歡樂地歌唱……

秋天——向南；春天——向北……

仰起頭，凝視你神奇的雁陣，我總會有一陣微微的激動，有許多奇妙的聯想，有一些難以得到解答的疑問……

大雁呵，南來北去的大雁，你們願意在我的窗前小作停留，和我談談麼？

2

有人說你們怯懦——

是爲了逃避嚴寒，你們才趕在第一片雪花飄落之前，迎著深秋的風，匆匆地離開北國，飛向南方……

是爲了躲開酷暑，你們才趕在夏日的炎陽烤焦大地之前，浴著暮春的雨，急急地離開南方，飛向北國……

是怯懦麼？

爲了這一份「怯懦」，你們將飛入漫長而又曲折的征途，等待你們的，是峻峭的高山，是茫茫的森林，是湍急的江河，是暴風驟雨，是驚雷閃電，是無數難以預

料的艱難和險阻……

然而你們啓程了，沒有半點遲疑，沒有一絲畏縮，昂起頭顱，展開翅膀，高高地飛上天空，滿懷信心地遙望著前方……

是什麼力量，驅使你們頑強地作著這樣長途的飛行？是什麼原因，使你們年年南來北往，從不誤期？

是曾經有過的山盟海誓的約會麼？

是爲了尋找稀世的珍寶麼？

告訴我，大雁，告訴我……

3

如果可能，我真想變成一片寧靜的湖泊，鋪展在你們的征途中。夜晚，請你們停留在我的懷抱裏，我要聽聽你們的喁喁私語，聽你們傾吐遙遠的思念和嚮往，訴說征程中的艱辛和歡樂……

如果可能，我也想變成一片搖曳著綠蔭的蘆葦蕩，歡迎你們飛來宿營。也許，當我溫柔的綠葉梳理過你們風塵僕僕的羽毛，撣落你們翅膀上的雨珠灰土之後，你們會向我一吐衷曲，告訴我許多不爲世人所知的隱秘和奇遇……

當然，我更想變成你們中間的一員，變成一隻大雁。我要緊跟著你們勇敢的頭雁，看牠是如何率領著雁陣遠走高飛的。我要看看——

在撲面而來的狂風之中，你們是如何尖厲地呼號著，用小小的翅膀，搏擊強大的風魔……

在傾盆而下的急雨之後，你們是如何微笑著抖落滿身水珠，重新竄入雲空……

在突然出現的禿鷲襲來之時，你們是如何嚴陣以待，殊死相搏……

我要看看，在你們的戰友犧牲之後，你們是如何痛苦地徘徊盤旋，如何傷心地嗚咽悲泣。也許，你們會允許我和你們一起，圍著那至死仍作展翅高飛狀的死者，

灑下一行崇敬的眼淚……

4

猛烈兇暴的颶風和雷電，曾經使你們的夥伴全軍覆滅。——在進行了悲壯的搏鬥後，天空裏一時消失了你們的隊列，消失了你們的歌聲；廣闊無垠的原野上，撒滿了你們的羽毛；奔騰起伏的江河裏，漂浮著你們的軀體……

我知道你們曾悲哀，你們曾流淚，然而你們會後悔麼？你們會因此而取消來年的旅程，因此而中斷你們的追求麼？

不會的！不會的！

當春風再度吹綠江南柳絲的時候，你們威嚴的陣容，便又會出現在遼闊的天幕上，向北，向北，向北……

當秋風再度熏紅塞外柿林的時候，你們歡樂的歌聲，便又會飄漾在湛藍的晴空裏，向南，向南……

你們怎麼會後悔呢！你們的追求，千年萬載地延續著，從未有過中斷！

我想像著你們剛剛啄破蛋殼的雛雁，當你們大張著小嘴嗷嗷待哺的時候，也許就開始聆聽父母敘述那遙遠的思念，解釋那永無休止的遷徙的意義了。而當你們第一次展開騰飛的翅膀，父母們便要帶著你們去長途跋涉……

我想像著你們耗盡了精力的老雁，當秋風最後一次撫摸你們衰弱的翅膀，當大地最後一次向你們展示親切的面容，當後輩們訣別你們列隊重上征程，你們大概會平靜地貼緊了泥土，安心地閉上眼睛的——你們是在追求中走完了生命之路呵！

大雁，渺小而又不凡的候鳥家族呵，請接受我的敬意！

5

雁陣又出現在湛藍的晴空裏。

致大雁

我站在地上，離你們那麼遙遠，然而我覺得離你們很近。我的思緒，常常會跟著你們遠走高飛……真的，我真想像你們一樣，爲了心中的信念，畢生飛翔，畢生拼搏。

雨夜飛來客

雨點越來越急，越來越密，靠陽臺的窗戶玻璃被雨點打得劈啪作響，水珠子在玻璃上爬動著，描繪出許多古怪離奇的圖案。一道閃電突然劃破黑暗的天空，在一晃而過的慘白的光芒中，窗戶上那些水紋更閃爍出神秘的色彩。大約過了三五秒鐘，一聲驚雷在空中炸響了，炸雷似乎就在屋頂上滾動，震得人心驚肉跳。

小凡，你出世才六個月，還是頭一次聽見雷響呢。由於這巨大的聲音來得突然，你嚇了一跳，小嘴一癟一癟，想哭了。

然而你終於沒有哭出來，窗外似乎有什麼東西引起了你的興趣。那雙又黑又亮的眼睛睜得人大的，一眨也不眨。過一會兒，你竟手舞足蹈咧開嘴笑起來，眼睛還是牢牢地盯著窗外。

窗外有什麼呢？我仔細觀察了一下水淋淋的窗玻璃，隱約發現外面有一樣東西在動，並且不時輕輕地碰著玻璃。我不由得心裏一緊，這大雨之夜，黑咕隆咚的，我們這五層樓陽臺上，會有什麼不速之客呢？

你卻一點不緊張，依然盯著玻璃窗手舞足蹈。我小心翼翼打開窗戶，不禁一愣：窗臺上，站著一隻鴿子。

不等我動手，鴿子便走到窗子裏面來了。我趕緊又關上窗。這是一隻藍灰色中夾著白點的鴿子，大概就是常聽養鴿人說的那種「雨點」。這「雨點」渾身被雨水淋得透濕，羽毛亂糟糟地貼在身上，站在那裏瑟瑟地打顫。我的檯燈開著，溫暖柔和的燈光也許使牠感覺到了親切，牠慢慢向檯燈移動了幾步，蓬鬆開羽毛使勁抖了

一陣，濺出來的水珠子把攤在桌上的稿子也打濕了。

你發現的這位不速之客，使我們一家都激動起來。

「哦，牠大概是迷路了，我們留牠住下來吧。」你媽媽伸手把鴿子捧起來，牠也不掙扎，嘴裏發出溫順的咕咕聲。

你被爸爸抱在手裏，眼睛卻始終盯著鴿子，興奮的目光裏充滿了好奇。當看到媽媽把鴿子捧在手裏後，你又笑著手舞足蹈了。

爲解決鴿子的住宿問題，我們頗費了一番腦筋。家裏沒有鳥籠，也沒有空的小箱子、小櫃子，讓你的這位飛來的小客人住在哪兒呢？

你媽媽先是找出一個紙盒子，看看覺得太小，小客人恐怕無法活動：我建議用一個臉盆倒扣在地上當臨時的鴿籠，結果也不行，我們怕小客人憋得受不了……最後總算有了一個大家都能接受的主意：把鴿子放到洗手間裏，兩平方米的天地，牠要飛要跳都可以了。

解決了住宿問題，還有吃飯問題呢。我們不知道「雨點」愛吃什麼，玉米小米之類的食物家裏沒有，只能餵牠一點米飯了。「雨點」一動不動地縮在屋角裏，對牠的新居既無新鮮感也沒有驚惶不定，牠倒是隨遇而安的。可是對於放在腳邊的米飯，卻瞧也不瞧一眼。難道想絕食嗎？

這時，你一個人躺在床上，嘴裏咿咿呀呀地喊著，小手小腳把床板踢得咚咚作響。你似乎在抗議了，抗議我們在接待你的小客人時把你排斥在外。

你媽媽連忙抱起你，笑著哄道：「哦，小鴿子是小凡凡發現的，小鴿子是小凡的客人。小凡凡去請小客人吃飯飯！」說著，我們便把你抱進了洗手間。

事情真有點不可思議，你一看見待在屋角裏的鴿子，馬上眉開眼笑，而且「格格格」笑出了聲音，一雙小手在空中不停地揮舞。鴿子呢，也開始東張西望，活潑起來，嘴裏又發出了咕咕的叫聲，不多一會兒，竟旁若無人地啄食起地上的飯粒來……

一夜風雨不停，隱隱約約的雷聲在遙遠的天邊不祥地滾動。家裏卻平靜極了，你睡得特別香，很難得地一夜酣睡到天亮。洗手間裏的小客人也是一夜無聲。

第二天早晨，天晴了，蔚藍的天空純淨得猶如洗過一般。你眼睛一睜開就笑，而且吵著要我們抱你去洗手間。當看到恢復了精神的「雨點」在浴缸上蹦跳時，你又「格格格」笑出了聲音。和昨夜剛來時相比，「雨點」漂亮多了，羽毛變得又整齊又乾淨，還一閃一閃發出彩色的光芒。可牠似乎有些心神不定，焦躁地在地上踱來踱去。

「牠想家了。」媽媽貼著你的耳朵輕聲告訴你。你彷彿聽懂了，眼睛一眨一眨，嚴肅地盯著地上的「雨點」。

這時，來了一位鄰居。聽說我們家裏飛來一隻鴿子，他便建議道：「那好哇，清燉鴿肉，比童子雞還鮮哩！」

我一愣，不知如何回答是好，你媽媽笑著答道：「這是小凡凡的客人，怎麼能這樣呢！」於是鄰居也一愣，笑著走了。

我們一家三口，把「雨點」送到陽臺上。「雨點」咕咕地叫著在陽臺欄杆上來回踱了兩趟，終於拍拍翅膀飛走了。

只見牠繞著我們的樓房飛了幾圈，很快便消失在森林一般的樓群中。你停止了手舞足蹈，仰起腦袋久久看著天空，眼睛裏飄過一絲悵惘。

哦，兒子，你是擔心「雨點」找不到自己的家，還是爲你的小客人這樣不辭而別感到傷心？

這時，天空中突然出現一群鴿子，牠們從遠處飛來，掠過我們的陽臺，又飛向遠方。看著這一掠而過的鴿群，你先是驚奇，然後興奮得又笑又叫。鴿群消失後，你久久凝視著遙遠的天空，明亮的眼睛裏一片平靜。

相思鳥

那天下午，一隻小鳥從窗外飛進了屋子。這是一隻美麗的鳥，有綠色的羽毛，紅色的小嘴，橘黃色的胸脯。妻子關上窗戶，小鳥便成了我們家裏的俘虜。

牠驚慌地在玻璃窗上撲飛了很久，嘴裏發出淒厲的鳴叫，終於精疲力竭，在窗臺上靜靜地站定下來。

妻子找出很久沒有用過的鳥籠，和我一起把小鳥捉進了籠子。被關進籠子後，牠又撲飛了一陣，直到沒有力氣爲止。在籠子裏看這隻鳥，更覺得牠秀氣絢麗，就像是精緻的藝術品。

小凡回來，當然興奮得很，圍著籠子高興了半天。他問我這是什麼鳥，我說不出來。這鳥使他想起了他小時候養過的一隻金黃色的芙蓉，他爲這芙蓉鳥起名爲「陽光」，後來，妻子在一次餵食後忘記關籠門，「陽光」便飛到了自由的陽光裏，再也沒有回來。小凡認爲這隻飛來的鳥很像當年飛走的「陽光」，於是也叫牠「陽光」，但是很顯然，這鳥並不是芙蓉。

在籠子裏，「陽光」瞪大了烏黑的眼睛，呆呆地盯著我們看，不發出任何聲音。這沉默的樣子，似乎有些憂傷。我們三個人商量，是不是要放了牠。商量的結果，是先養幾天看看，如果牠不喜歡待在籠子裏，再放也不遲。

傍晚，我去花鳥市場買鳥食，在一個鳥店裏看到和家裏的「陽光」一模一樣的鳥，店主告訴我，這是相思鳥。他說：「這鳥，養一隻不行，牠會傷心而死，必須養兩隻。」他推測我家裏的那隻是雌鳥，便鼓動我再買一隻雄鳥回去。於是我在買鳥食的同時，又買了一隻雄的相思鳥。

回到家裏，小凡雀躍歡呼，爲家裏突然有了一對相思鳥興奮不已。

雄鳥放進鳥籠，又使籠裏的「陽光」躁動了一陣。

小凡問我：「怎麼看不出牠高興？難道牠不願意多了個夥伴？」問這話時，「陽光」已經撲騰得精疲力盡了，只見牠呆呆地站在籠子底裏，既不理會新來的夥伴，也不碰一碰我放進去的鳥食，似乎對一切都不感興趣。

天黑以後，鳥籠裏不見一點動靜。小凡不放心籠子裏的鳥，把鳥籠拿到燈光下面看。只見買來的那隻鳥正在吃食，嘴角上還沾著剛剛喝過的水，而「陽光」卻有點畏頭縮腦，眼睛也半開半閉，目光朦朧而暗淡。

妻子說：「不好，牠不能在籠子裏再待下去，趕緊放了牠！」於是，妻子趕緊從鳥籠裏放出「陽光」，然而「陽光」已經毫無活力，牠站在桌子上，只幾秒鐘，身子一歪，就倒了下來。小凡把牠捧在手上，牠突然睜開眼睛，目光炯炯地凝視了片刻，然後兩腳一伸，閉上眼睛，死了。

吃晚飯時，我們全家都不說一句話，「陽光」的死，使我們很難過。被剝奪了自由的小生命，竟然用如此強烈的行爲進行反抗，自由，比牠的生命更寶貴。

悶了好久，妻子歎了一口氣，說：「我不應該把牠關進籠子，如果當時開窗放牠走，牠現在還好好地活著。」

小凡說：「那麼，我們把買來的那隻鳥也放了吧。」

我說：「好，我們來彌補錯誤。」

只是天已經黑透，此刻放鳥出去，牠也無處投宿。只能到早上再說了。

第二天一早，我們起床後的第一件事情，就是打開鳥籠放走那隻相思鳥。

在窗臺上，相思鳥面對著初升的太陽，站在籠子門檻上遲疑了一會兒，終於拍了拍翅膀，飛離了我們家。牠那嬌小的身影在不遠處的樹蔭中閃了一下，就不見了。

但願牠能在自由的天空中快快樂樂地活著。

戰馬蜂

小時候，對蜜蜂有著極好的印象，因爲，在我讀過的童話，唱過的童謠裏，蜜蜂是一種勤勞而又美麗的小昆蟲，是人類的好朋友。

蜜蜂雖然可愛，然而卻不可親近，這道理我也知道，因爲蜜蜂曾螫人。不過，蜜蜂決不是一種進攻型的動物，你不去惹牠，牠決不會來螫你。所以我經常湊近了停落在花葉上的小蜜蜂，仔細地觀察牠們，看牠們怎樣顫抖著毛茸茸的身體和晶瑩透明的翅膀，在花蕊中採集花粉。

有時候忍不住伸出手去摸，牠們也不螫我，只是拍拍翅膀飛走了事。所以一聽見蜜蜂飛舞的嗡嗡聲，我就感到說不出的親切。

然而，那嗡嗡的飛舞聲未必都是蜜蜂發出來的，譬如馬蜂，發出的聲音便和蜜蜂差不多。把馬蜂當成蜜蜂的經歷，我一直無法忘記。

那大概是六七歲的時候，有一次到鄉下去，在一片樹林裏面玩，看見一個蓮蓬狀的東西掛在樹枝上。蓮蓬怎麼會長到樹上去呢？我正感到奇怪，突然看見一隻身體金黃和黑色相間的大蜜蜂，飄飄悠悠地飛落在那個蓮蓬上，姿態真是優美極了。

這麼大的蜜蜂，我還從來沒有見過呢！我想，如果把牠捉回去讓大家都來看看，該有多好，於是我小心翼翼地伸出手去。

眼看就要捏住大蜜蜂的翅膀，想不到大蜜蜂自己飛起來，輕輕地停落在我的手背上。接著，手背就像被烙鐵燙了一下，痛得我大叫起來。等我想去拍那蜜蜂，牠卻不慌不忙地飛走了。

我捂著火燒般劇痛難忍的手背，在樹林裏又跳又叫。過一會一看，手背腫得像個紅紅的大饅頭。這時，只聽見那大蜜蜂飛舞的嗡嗡聲仍在耳邊飄繞。這嗡嗡聲頓時變得可惡而又可怕……

我逃回屋裏，向一位慈眉善目的鄉村老翁展示我那紅腫的手背。老翁笑著告訴我：「這不是蜜蜂，是馬蜂！這蟲子厲害，你不要去惹牠們。」

我問：「馬蜂是好的還是壞的？」

老翁笑道：「不好也不壞。」

這回答實在太含糊。在兒時的概念中，世界上的人非好即壞，以此類推，其他東西當然也一樣。於是我便追問：「什麼叫不好也不壞？」

老翁想了想，說：「你不去惹牠，牠活得自由鬆快，不是好好的？你要是去惹牠，牠急了，就會螫人，那就壞了。你說對不對？」

對不對？不對！對老翁的話，我並沒有認可。嘴裏雖然不說，心裏卻認定了，那喜歡螫人的馬蜂決不是好東西。我要報仇，要懲罰牠們一下！

我找來一支用竹片做成的蒼蠅拍，自以爲這是懲罰馬蜂的武器。拿著蒼蠅拍來到樹林裏，我到處尋找馬蜂。可馬蜂們卻彷彿知道我的心思，都不知躲到哪裡去了。

在林子裏兜了半天，看不見一隻馬蜂。於是，我又找到那棵掛著蓮蓬的大樹下，果然，蓮蓬的孔眼裏，有馬蜂的翅膀在閃動。我這才知道，這蓮蓬便是馬蜂窩。

我舉起蒼蠅拍，用力向蓮蓬拍去，蓮蓬被拍得像一個鐘擺，在樹上晃蕩個不停。然而，我的快樂沒有超過三分鐘，災難便接著來了：從馬蜂窩裏飛出七八隻大馬蜂，一齊向我飛來。我躲之不及，在一片嗡嗡聲中，頭上和臉上被狠狠地螫了三四下……

這下慘了，整個腦袋都腫起來，疼得我直掉眼淚。第一次和馬蜂作戰，大敗而

歸。我成了村裡孩子們的笑料。然而，這是我自找的，能怨誰呢？

第二天，我把自己「武裝」了一下：頭上戴了一頂草帽，手上戴了一副破手套。還準備了新的武器：一把鐮刀。戰場當然還是樹林，對手也依然是馬蜂。

這次我是勝利者。當我一鐮刀割下那馬蜂窩後，轉身拔腿就逃，跑出不多幾步，就聽見一片嗡嗡聲在頭頂上響起來，草帽上停落下好幾隻馬蜂，但是牠們已經對我無可奈何……

跑出樹林後，我坐在河邊喘了好一陣氣，推想已經沒有危險，便又悄悄地返回到樹林裏，檢閱我的「戰果」。馬蜂窩已躺在樹下的一片水窪裏，馬蜂們正驚惶失措地在上面爬來爬去，透明的翅膀不規則地顫動著，一副可憐的樣子。

奇怪的是，這時牠們不再把我當敵人，我站在旁邊看，牠們無動於衷，只是忙著爲自己巢穴的毀滅而傷心歎息。我知道，此刻如果我不去攻擊牠們，牠們是決不會飛來蜇我的，即便我曾經搗毀過牠們的家。

唉，這些小東西，牠們不像我那樣會記仇。看著這些可憐的馬蜂，我一下子失去了勝利者的喜悅，反而生出幾分愧疚來。到晚上，這些流離失所的馬蜂們不知會怎麼樣……

此後，我再也不與馬蜂爲敵，也再也沒有被馬蜂蜇過。而蜜蜂的嗡嗡聲，依然使我感到親切。很自然地，在那嗡嗡聲裏，我也會想起馬蜂，同樣也是一種親切感，儘管我們曾經打過仗。

獵鳥

月亮，像一個巨大的白玉盤，悄然無聲地向寧靜的大地傾瀉著透明晶瑩的液體。被月光籠罩的世界閃爍著神奇的色彩。夜幕下的樹、竹林、屋脊、柴垛，原本只是一簇簇起伏的黑影，升入中天的月亮爲它們披上了一層閃閃發光的輕紗。一切都變得靈氣，變得有了詩意。白天的炎熱、煩躁、睏乏和饑饉，此刻似乎已全部融化在月光之中。

我們五個人，由矮墩墩的玉狗率領著，到竹林裏去捕鳥。玉狗扛著一人捆捲起的網，步履矯健地走在前頭。

微風掠過，竹林裏發出一陣窸窸窣窣的響聲。抬頭看，密匝匝的竹葉如無數重疊在一起的黑影，黑影們搖晃著，不時抖出星星點點的月光，像許許多多眨個不停的眼睛。如果這些都是鳥的眼睛，那麼，這一大片竹林裏有幾隻鳥呢？照玉狗的說法，這些竹葉中躲藏著數不清的鳥，你看不見牠們，牠們也看不見你。除了貓頭鷹，所有的鳥都有夜盲症。

正在竹林裏做美夢的鳥兒們，今天要成爲我們的網中之囚。

一張極大的網，被兩個人用兩根長竹竿撐開著，張羅在竹林的盡頭。網，如同一隻錐形的大口袋，網尖上有一個兜，兜上拖著一根長繩，由一個人站在網的後面緊拉著，這樣，網就一動不動地張著口迎候在竹林外面了。

玉狗帶著我，躡手躡腳沿一條小路繞到竹林的另一頭。

「我們來趕鳥，把鳥趕到網裏去。」

「趕鳥，怎麼趕？」

玉狗噓了一聲，悄悄地說：「別問了，學我的樣做吧。不要說話，要使勁，要快！快！」

在竹林的陰影裏，我看不清他的臉，只看見他的牙齒一閃一閃亮著白光。

玉狗一個箭步跨進竹林，雙手抓住一根竹子狠命搖起來，搖幾下，往前走一步，又抓住一根竹子猛搖幾下，再往前走幾步。

我學著他的樣子，也走進竹林做起來。頃刻之間，就把原來安安靜靜的竹林攪得一片喧嘩，彷彿是突然遇到了龍捲風，一株株竹竿瘋狂地扭動著，互相碰撞著，竹葉在頭頂廝咬撲打，葉片摩擦的聲音如同沙啞的喘息和絕望的呻吟。

這安靜文雅的竹林，這常使我想起王摩詰詩意的竹林——「獨坐幽篁裏，彈琴復長嘯。林深人不知，明月來相照。」今夜，有明月，卻沒有了往日的幽靜，這竹林被我們攪成了一個失常的瘋子。

鳥呢？鳥在哪裡？在倒海翻江的喧嘩中，我依稀聽見幾隻鳥的啼叫，這啼叫急促而又驚慌，就像風中的燭火，只是閃了一下，馬上又被竹林的咆哮聲淹沒。雖然看不見被驚醒的鳥，但我能想像牠們驚惶失措的樣子。「大躍進」時，城裏人圍捕麻雀的景象，突然又清晰地從記憶深處湧到了眼前：成百上千人站在屋頂、窗口和地面敲鑼打鼓，搖旗吶喊，聲音驚天動地。麻雀們在樓群中悽惶地叫著飛著掙扎著，找不到一處可以歇腳的地方，最後竟不顧一切地往牆上亂撞，終於一隻隻力竭而死。當走投無路的麻雀們口吐鮮血從空中墜落時，引起人群的陣陣歡呼……今夜的竹林，有點像當年城裏人圍捕麻雀的獵場，只是樓房和人群變成了竹林。

我很自然地生出一個和今夜行動的目的相悖的念頭：這些被我們驚醒的鳥，為什麼不逃命呢？牠們完全可以從我們的圈套中逃脫，只要奮力向上飛，越過晃動的竹梢，就是自由遼闊天空，清朗的月光正在天上靜靜流動，可以照耀著牠們遠遠地飛離我們的網，飛向安全的所在……

想是這麼想，手還是不停地搖撼著竹子，腳還是跟著玉狗一步一步向前走。腦子裏卻是一片混亂，根本無法辨清頭頂上的喧嘩是竹葉的摩擦還是鳥兒們的掙扎……

終於搖到了竹林的盡頭。只聽見那兩個張網的漢子壓低了嗓門興奮地大喊：

「好，好，全在網裏了！」

這時才聽見了一片劈劈啪啪的拍翅聲，其間還夾雜著鳥兒們驚悍的鳴叫。巨大的網正在不停地抖動。落網的鳥兒們爭先恐後地向前撲騰，最後全部落在網尖上的那個小兜裏。

餘下的事情便是從兜中取出俘虜們來，塞進一隻竹簍。這是玉狗的事情。他那胖乎乎的臉上堆滿了得意的笑，動作卻俐落而沉著，手伸進網兜，兜裏一片騷動，很快便抓出一隻鳥來。

在把手中的鳥塞進竹簍時，他用拇指和食指捏住鳥腦袋，只是稍稍用力，就聽到極輕微的「啪」一聲，彷彿是捏碎了一顆鴿蛋。塞進竹簍的是一隻死鳥。

我的心裏不禁格登了一下：「爲什麼要把牠弄死？」

「死了好，不會亂吵亂鬧。反正總是死，早死晚死還不都一樣？」

玉狗的回答又使我心裏格登了一下。

網中的鳥兒一隻一隻被處死，那一個個小腦袋的碎裂聲震撼著我的靈魂。我想，假如突然有一個巨人闖來把我們從夢中吵醒，然後把我們趕進一個大籠子，再一個一個從籠中逮出，用他那雙可怕的大手把所有人的腦袋一個一個捏碎，那是何等恐怖、何等殘忍的事情。對這些被我們捕殺的小鳥們來說，今夜牠們的遭遇正是如此……

狩獵結束時已是半夜，玉狗的竹簍裏有了半簍死鳥。歸途中，獵人們順手牽羊，從生產隊的大田裏拔了幾棵大白菜。在玉狗那間草屋裏，幾個人就著油燈晃動的火光，以極快的速度將簍中的鳥退毛破膛，然後升火開鍋。大概半個鐘頭以後，

那半簍鳥和兩棵大白菜就變成了一大鍋熱氣騰騰的白菜煮鳥。

幾個獵人都沒有多少烹調手藝，煮熟而已。竹林裏的喧鬧，小鳥的掙扎和哀鳴，那半夜狩獵中的種種興奮、不安和惶惑，全都消散在這滿屋子飄漾的熱氣之中……

玉狗他們吃得狼吞虎嚥，甘美無比。小鳥的骨頭在他們的嘴裏嚼得格嘣作響。他們餓了。這大半夜的辛苦，原本就是爲了求得這五分鐘的美餐。

而我，卻一口也吃不下去，儘管肚子早已經餓得咕咕直叫。抬頭看門外，月亮已被雲層吞沒，天地一片渾濁……

哀驢

在南方的城市裏看不見驢子。生活中出現「驢」字，不會是美妙的事情。

開始對毛驢有好印象，是在看畫家黃胄的畫之後，他把毛驢畫得憨拙可愛，他筆下那些耳朵長長的牲口，彷彿是一種溫順的通靈性的動物。不過，畫中的景物和生活中的真實往往不是一回事。我曾想，毛驢入畫，大概也是畫家爲標新立異而作的選擇吧。

今年去隴南，看見很多毛驢。在那裏，毛驢仍然是鄉間的一種運輸工具。一頭毛驢，拉一輛小車，可以靈巧地在各種各樣的路上轉。從前那裏沒有公路的時候，毛驢就是最主要的運輸動力。山裏的藥材、水果、土產，全靠毛驢來馱出去。曾經有一種說法，沒有毛驢，便沒有山裏人的活路。可見這些長耳朵牲口對山地老百姓的生活是何等重要。

在隴南見到的第一頭毛驢，是在天水的一條熱鬧的街上，那景象給我的印象很深刻。那是一頭拉車的驢子，趕車的人不知去向，毛驢獨自站在路邊，低著頭，一動也不動，全然不理會周圍市聲的喧囂。給我的感覺，牠似乎是沉浸在一種當眾孤獨的沉思之中了。

以後又在各種各樣的場合看見毛驢，在鄉間集市，在公路上，在無人的曠野，在崎嶇的山道，牠們留給我那種沉默、執拗而又孤獨的印象，一直保持到我離開隴南，都沒有改變。

據說驢叫如雷吼，可以嚇退虎豹。可是我卻很少聽到牠們叫，真懷疑那叫的功

能是否已經退化。總之，很少看到牠們狂躁不安，總是看見牠們揹負沉重的行囊埋頭行走。若停下來，便以一個固定的姿態站在那裏，只是偶爾甩動一下尾巴，拂去身上的飛蟲，或者抖一抖長長的耳朵。汽車和拖拉機轟鳴著從牠們身邊開過時，牠們也毫不驚慌，沉著得像一尊尊雕塑。

走到牠們身邊時，牠們有時也會抬眼注視你。接觸毛驢的目光時，我的心不禁顫動了一下。這目光，善良、忠厚，又有些漠然，似乎已看透了這世上的一切，一對褐色的眼睛裏，總是含著淚水……我想，如果我是整天驅趕著牠的主人，倘若被牠用這樣的目光凝視著，大概不會有勇氣對牠揮動鞭子的。

一天夜晚，我和七歲的兒子一起在文縣縣城的小街上散步。沒有路燈，寂靜的石板路上灑著星星點點的月光，街上的一切都黯然而又朦朧。突然，兒子緊張地拉住了我的手，嘴裏恐懼地喊道：「狼狗！」

順著兒子的視線望去，只見前方街口有兩條黑黝黝的大獸一前一後地晃動著，迎面向我們走過來。

在幽暗中，看不清牠們的模樣，看樣子，確實像兩條巨大的狼狗。小街很窄，黑咕隆咚的，在這裏和兩條狼狗狹路相逢，實在是一件叫人發怵的事情。不要說兒子，我也有些緊張。然而，已經沒有退路。

兒子緊攥住我的手，躲在我的背後，眼看那兩條大獸漸漸逼近了。牠們的步履穩健，不快也不慢，黑暗中依然看不清牠們的嘴臉。在月光下，我突然發現了長在牠們腦袋上的長長的耳朵，這不是狼狗的耳朵！

「毛驢！是毛驢！」

躲在我身後的兒子忍不住叫起來，他大概也看見了月光下的長耳朵。

不錯，走過來的果真是兩頭毛驢。沒有人驅趕牠們，牠們似乎是熟門熟路地在黑暗中走向既定的目的地。我們父子倆側身看著兩頭毛驢默默地從我們身邊走過去，驚魂甫定的同時，竟生出一種親切感來，驢蹄叩擊石板的聲音，動聽如音樂……

驢和狗，同是人類馴養的動物，爲何在黑暗中，狗的出現使人心驚，而毛驢卻給人一種安全和親切感呢？兒子的回答簡潔而乾脆：「驢子不會咬人嘛！」

兒子天真的看法，其實是道出了問題的實質。在動物中，像驢子這樣馴順的大概很少。想想人類對驢實在很不公平。驢的一生，是爲人服務、被人奴役的一生，牠們幹重活，吃粗食，任勞任怨，從不作任何反抗，死了，還要繼續爲人奉獻，肉被食，皮被熬成「阿膠」……而在人類的詞典裏，驢卻從來不是一種可愛的形象。人們把淺薄之徒的無能和技短，稱之爲「黔驢之技」、「黔驢技窮」，把放高利貸稱作「驢打滾」，把喝茶時的粗放嘲爲「驢飲」，而一聲「蠢驢」，更已成爲國罵之一種……驢呵驢呵，可悲的驢！當我此刻在寫這篇短文的時候，我又想起驢子那種沉默的目光，想起牠們那流淚的眼睛。

羊

母羊

剛下鄉的時候，無人可說話。被人用審視的目光窺探時，寧可將視線對著土地，地上有青青的野草，還有隱藏在草叢裏的星星點點的小野花，地上的這些景象，我百看不厭。和我一樣對土地和青草看不厭的，還有一些異類朋友——羊。

在人煙飄蕩的鄉野之地，最常見的就是羊。牠們很溫順，很憨厚，也很乖巧，或者兩隻三隻，或者孤身隻影，在路邊和田頭低著頭吃草。見到有人經過，偶爾會抬起頭來，用沉靜的目光看著你，也許會「咩」地長叫一聲，叫得你心顫，這叫聲裏，包含著許多淒涼和無奈。

我曾經很仔細觀察過羊的眼睛，牠們的目光清澈而黯然。以人的目光看牠們，這些黑藍相間的眼睛從來沒有變化，被關在羊圈裏失去自由時是這樣，孩子們笑著用青草餵牠們時是這樣，在田野裏自由散步時也是這樣，甚至在被牽進屠場時，還是這樣。

聽到牠們那淒涼無奈的叫聲時，我總想，牠們大概也會有悲歡憂憤的吧，只是我無法感知罷了。

在從前讀過的有動物的童話故事裏，羊永遠是忠厚而孱弱的一族，可憐巴巴地被兇猛殘忍者欺負。記得小時候看馬戲團演出，有羊拉車，羊走鋼絲，看牠們被鞭子驅使著，毫無表情地完成主人命令牠們完成的動作，覺得於心不忍。在所有的馬戲節目中，我最不喜歡看的，就是羊的表演，並不是討厭牠們，而是可憐牠們。

那天在田裏種油菜，看到一隻母羊和兩隻小羊在路邊吃草。兩隻小羊不安分地圍著母羊亂轉，不時從田裏跑到路中間。低著頭吃草的母羊被小羊攪得心神不寧，停止了吃草，默默地看著牠的這一對頑皮的兒女。這時，路上走過來一群孩子，領頭的是村裏的淘氣大王。大概是爲了在孩子們面前表現他的勇敢和強悍，走到三隻羊身邊時，他飛起一腳，將一隻小羊踢翻在路邊，又俯下身子，一把抱起另一隻小羊，拔腿就跑。

這時，發生了使我意想不到的一幕：母羊先是衝到跌倒在地的小羊的身邊，幫牠掙扎著站起，又用嘴輕輕安撫了牠一下。當發現另一隻小羊被抱走時，牠大叫一聲，拔腿就追上去。

只見牠急步奔到那淘氣大王的前面，轉過身子，站在路中間擋住了他的去路。淘氣大王抱著小羊停住了，母羊的舉動使他吃驚，他瞪著母羊，一時不知所措。

母羊一動不動地站在路上，和他對峙著。跟在後面的孩子們都驚呆了，默默地看著這人和羊對峙的局面。

母羊的目光，看上去依舊平靜木然，沒有焦慮，也沒有憤怒。抱著小羊的淘氣大王卻憤怒起來：你一頭老實巴拉的羊，竟敢和我過不去？笑話！聽見小羊在他手裏大聲哀叫，他用力拍一下小羊的腦袋，邁開腳步，想繞過母羊繼續向前走。

接下來出現的情景很精彩：母羊低下頭，用牠那兩隻短而小的角對準淘氣大王猛衝過去。淘氣大王猝不及防，想躲，卻躲不開，驚叫一聲，被撞翻在路中間，逃脫的小羊連聲叫著奔到母羊的身邊。

母羊只是用身體撞了淘氣大王一下，牠的角並未頂到對手。見小羊恢復了自由，母羊便停止了攻擊。這時，另一隻小羊也過來了，母羊帶著兩隻小羊又回到路邊，彷彿什麼事情也沒發生，重新低著頭吃牠們的青草，一副悠閒的樣子。

那淘氣大王狼狽地從地上爬起來，大概覺得很沒面子，撿起一塊土坷垃朝母羊丟去。土坷垃打在母羊身上，母羊只是抖動了一下身體，竟沒有其他反應。

淘氣大王還想在路邊找土坷垃，一個農婦憤怒地喊著從田裏奔過來，這是羊的主人。孩子們一哄而散。

這時，母羊抬起頭，看著孩子們的背影，音色顫抖地長叫了一聲。我看到牠的眼睛，還是老樣子，清澈而黯淡，平靜而木然。

不過，這次我終於發現了羊的另一面，牠們的本性中未必都是膽怯和懦弱。儘管這只是夜空中流星似的一閃。夜空中有這樣耀眼的一閃，黑暗似乎就不再是無窮無盡了。羊兒們低著頭吃草。田野裏的青草和野花是永遠也不會絕跡的，沉靜的羊，牠們的目光裏便永遠有充實的內容。生而爲羊，也只能大致如此了。

鬼羊

在鄉下，家家養羊，但很少聽說羊的故事。大概這牲畜太溫順、太老實、太不引人注目，人們連爲牠們編一點故事的興致都沒有。

那天，一群農民聚集在一間無人的屋子裏聊天，話題是鬼。鬼話雖然虛無飄渺，這裏的農民卻每個人都有一肚皮的鬼故事，只是這些故事大多屬於道聽塗說，而且大同小異，無非是走在河邊看見有女人跳水，然後又從水裏躥起，面目猙獰；或者是夜裏在野地中迷路，輾轉不得出，待看見光亮，方才發現是在墳地裏……這些傳聞，比起《聊齋》中的那些故事，不僅簡單無趣，想像力也差得遠。當說話有些冷場時，一個一直默默地坐在屋角聽別人說話的中年人開口了。

「我碰到過一件怪事，大概是見了鬼。」中年人表情神秘，帶著幾分恐懼。他是鄉中很有威信的一個會計，人人都知道他誠實，不會說謊。他這麼一說，屋子裏霎時靜下來，連抽煙的人也掐滅了手上的煙蒂。

「有一大夜裏，我在公社算賬，回家時已是深夜。那夜沒有月亮，天黑，看不清路，只能慢慢走。快到家時，前面的路上突然冒出一團白花花的東西。走近一看，是一隻白山羊，牠站在路上，看著我，咩咩地叫。我想，大概是哪家的羊從羊圈裏逃出來了，該抓住牠。我走上前一步，想抓牠，牠看著我，後退一步。我上前兩步，牠便後退兩步。我追得快，牠也逃得快。我站定不動，牠也就停下來，看著我，咩咩地叫。」

會計頓了頓，剛要往下說，屋子裏有人忍不住發問：「這羊和別的羊有什麼兩樣？」

「這時我還沒有看出有什麼兩樣。」

「那有什麼稀奇，寒天黑地，你腳軟，當然抓不住牠。」

「我想，抓一隻羊還不容易？我不信抓牠不住。於是我便放開腳步在光禿禿的田裏追牠，可是真叫人惱火，牠不慌不忙地和我兜圈子，怎麼也碰不著牠。我急了，對著牠大喊一聲。我的喊聲未落，只見那羊站著的地方一道白光一閃，白光閃過後，羊不見了！」

「牠會不會躲到樹叢裏去了？」有人問。

「這是冬天，在光光的地裏，哪有什麼樹叢！」

「莫不是你眼花了？」

「眼花什麼？我盯著牠追了有抽一支煙的工夫，怎麼會看錯？就算眼花了，我的耳朵可不聾，牠咩咩地衝著我叫，我可不會聽錯！」

「那麼，後來呢？後來怎麼樣？」

「後來，再沒有看到牠出來。我一個人站在空蕩蕩的地裏，東張西望了一會兒，什麼也看不見，這不是見鬼了嗎？」

這時，屋子外面突然傳來一聲羊叫：「咩」，叫聲拖得長長的。這平時司空聽慣的聲音，此刻竟使人毛骨悚然。

屋子裏，人們面面相覷，眼神裏都含著莫名的驚恐，誰也不說一句話。

我想，因爲羊而引起這些人的恐懼，大概是很難得的一次。

解羊

刀光冷冷地一閃，銳利的鋒刃便消失在白色的羊毛之中。只聽見那頭強壯的山羊「咩」地慘叫一聲，四肢抽動了一陣，就斷了氣。

七八條漢子圍著山羊的屍體，興致勃勃，笑容滿面，歡聲不絕，彷彿在欣賞世上最美妙的風景。

操刀的是一個五十來歲的農民，矮小，精瘦，穿一件蘆席花土布襯衫，袖子捲得老高，鮮紅的羊血濺在他青筋畢露的手臂上，他一點也不在意。他的嘴角叼著一支「生產牌」香煙，嘴裏哼著小曲，動作熟練地用繩子把羊倒吊在一棵樹上，然後退後一步，兩隻小眼睛賊亮，目光炯炯地盯著吊在樹上的羊，好像在思索什麼重要的問題。

大約過了三四秒鐘，他「呸」地一聲將嘴裏的煙蒂吐到地上，突然撲上前去，好像是撲到了那棵樹上，撲到了羊的身上。只見寒光閃動，那把鋒利的短刀在他手中凌空揮舞，刀鋒上上下下前後左右在羊身上亂劃，只聽見刀刃和皮肉摩擦得嚯然有聲，羊肉一片片掛落下來，卻不見刀鋒撞到骨頭。再看那宰羊人，雙目微闔，如癡如醉，嘴裏念念有聲，身體隨著刀刃的走動，舞蹈一般扭動……

這情景，使我想起莊子的《庖丁解牛》，想起兩千多年前那個身懷絕技的屠夫，他把血淋淋的屠宰演化成令人驚歎的藝術。把屠宰牲畜變成藝術，似乎很難和詩意聯在一起，這只是主宰世界的人類對征服者略施小技，卻將人的聰明和靈巧，冷靜和冷漠一起展露無遺。

小時候讀這篇古文，我曾經產生很多荒誕的聯想。在一次做夢時，我夢見自己變成了那個滿身牛血的庖丁，走在荒涼的路上，突然被一群黃牛攔住。黃牛們低著頭，瞪大的眼睛向上翻著直直地盯著我，鋒利的犄角齊齊地對著我。我一驚，想奪路逃跑，黃牛們瞪著我齊聲大吼，吼聲驚天撼地，牠們不僅吼叫，還一步一步向我逼近，那些鋒利的犄角眼看著就要戳到我的胸口。我一急，從腰間拔出鋼刀，上下左右不停地揮舞。這一招很靈，黃牛們停止前進，眼珠骨碌骨碌轉動著，驚恐地盯著我手中的鋼刀。這寒光閃閃的利刃，牠們是認識的，牠們曾經被牠分割過，肢解過，那些結實的筋肉「動刀甚微，磔然已解，如土委地」。在這閃動的寒光裏，牠們大概又想起了那迅疾而可怕的經歷。

黃牛們呆頭呆腦了片刻，畏縮著向後退去。我一看，得意了，嘴裏大喝一聲，將刀舞得更起勁。黃牛們終於崩潰了，牠們驚慌地喘著氣，身上突然出現一條條細而密集的裂縫，這正是我曾經用刀在牠們身上劃出的痕跡，正是我向人炫耀的「恢恢乎遊刃」的印記！

那些刀痕迅速地擴展，牛身上的肉一片一片脫落下來，「如十委地」，黃牛們很快就變成了一副副枯骨，嘩啦嘩啦癱倒在我的面前，牛頭的骷髏在我的腳下圍成一圈，一個個空洞的眼窩黑黝黝地瞪著我，鋒利的犄角依然直直地指著我，把我嚇出一身冷汗。如果這些骷髏們向我撲來，我手中的刀大概沒有用了⋯⋯

就在我胡思亂想的時候，那漢子已經將掛在樹上的羊收拾停當。那羊，已經成了地上的一堆肉和骨頭，擺在最上面的是羊頭。被割下的羊頭仰面朝天，失去了光澤的眼睛微睜著，空洞而冷漠，無怒無怨也無恨。我想回想牠被肢解的過程，回想那把小刀在牠身上遊動的軌跡。

解羊，其實比解牛更不易。龐大多肉的牛體可以使一把小刀「恢恢乎其於遊刃必有餘地」，瘦小貧瘠的羊身如何遊刃有餘？眼前這操刀的漢子彷彿是庖丁再世，他的技術比兩千多年前的庖丁還高超。然而我卻無法在腦子裏重現那過程，記憶的螢幕竟然也是空洞而冷漠，猶如那羊頭的目光。

那頭公羊被肢解之後大約一個小時，就變成了一大鍋熱氣騰騰的紅燒羊肉。一個鐘頭前圍觀了這頭羊被肢解過程的漢子們，又圍著羊肉鍋狼吞虎嚥地大嚼起來。那個技賽庖丁的宰羊漢子帶頭吃著，我看到他手臂上的羊血還沒有洗淨。

他盛了一碗羊肉送到我的手裏，邊嚼邊說：「嘗嘗吧，這樣新鮮的羊肉，在城

裏吃不到。」

油滋滋的肉汁從他的嘴角往下淌著，他的目光溫和而含混，全然沒有了解羊時咄咄逼人的亮光。

我端著那碗羊肉，刺鼻的羊膻味直撲臉面。雖然很饑腸轆轆，我卻吃不下這羊肉。我在想，到了夜裏，空著肚子睡覺，會不會在夢中遇見這頭被肢解的羊呢？

蛇

恐懼大概並不是一種先天的情緒。成人以爲是可怕得不得了的事情，在幼兒眼裏，也許有趣得很。

很多年前，我從墨西哥回來，帶回來的照片中，有一張是我和一條蟒蛇的合影。那是在訪問墨西哥城的一家電影製片廠時，參觀一群動物演員，其中有一條三米長的大蟒蛇。

主人慫恿我和蟒蛇合影，爲了不讓對方低估我的膽量，我就硬著頭皮讓那條大蟒盤到我的身上，感覺牠那冷冰冰的軀體纏住我的身體，摩擦我的脖頸，看牠用一對小而賊亮的眼睛盯著我，看牠張嘴向我吐著血紅的舌頭……在照片上，我還強顏作笑，其實心裏非常緊張。這是我一生中經歷的可以稱作是恐怖的情景之一。

回到家裏，所有來看照片的人都對我和蟒蛇的合影印象最爲深刻。當時兒子才一歲多一點，還不會說話，別人看照片，他也要湊熱鬧，非要揮動著小手撲上來看一眼不可。他最感興趣的，也是這張畫面上有蛇的照片。

在生活中，他還從來沒有看見過蛇，他因此而感到新鮮。對蛇的第一印象，在他大概是很親切的，這巨大的長蟲既然可以和自己的父親這麼親熱地纏在一起，當然是一種可以親近的動物了。

大概是兒子兩歲多一點的時候。有一次，我帶他到公園裏去。那是一個春日的下午，有很好的太陽。公園裏來了一個馬戲團，每天傍晚表演馬戲。下午，是動物們休息的時候。

那天下午，公園裏幾乎沒有什麼人，我帶著兒子走進了馬戲團的後院。那是一片草地，草地上放著一排獸籠，籠中關著黑熊、狗、猴子和山羊。還有一條近三米長、碗口粗的大蟒，靜靜地躺在草地上曬太陽。

進入這個動物世界，兒子一下子興奮起來，他最感興趣的，不是籠子裏的那些動物，而是躺在草地上的大蟒。他用力甩開我的手，跌跌撞撞地向大蟒跑去。我想阻攔他，已經來不及，他三步兩步就跑到了大蟒跟前，並且向大蟒伸出手去。

我奔到他身邊時，他的小手已經摸到了大蟒的頭上。籠子裏猴子們突然驚惶不安地上下跳躍，發出尖利的叫喊……

若在常人的眼裏，兒子手摸蟒蛇腦袋的鏡頭大概千鈞一髮，異常驚險。我雖然很緊張，但還不至於嚇得慌了手腳，因爲我知道馬戲團的大蟒必定受過訓練，一般溫順而不傷人。當看到大蟒沒有什麼反應時，我就更大膽了，索性和兒子一起，在大蟒身邊蹲下來，看牠有什麼反應。

那大蟒大概是受了驚嚇，突然從草地上豎起身子，雙目炯炯地盯著兒子，火紅的舌頭在嘴裏一伸一縮，樣子極其可怕。兒子卻覺得很好玩，他的小手又向大蟒的頭伸過去……

說時遲，那時快，還沒等兒子的小手觸到大蟒的頭，從獸籠後面猛地衝出一個小夥子，拉住蟒蛇的尾巴，一下子把大蟒拖開了。

「你！怎麼啦？」小夥子憤怒而又困惑地指著我大喊，「你是不是有病，讓小孩去玩大蟒，不要命啦！」

「這蟒蛇，會咬人嗎？」我笑著問。

「不咬人，牠也是蛇啊。如果被牠咬一口，怎麼辦？」小夥子一邊把大蟒關進籠子，一邊搖著頭，「我還是頭一回看到一個做老子的把自己的兒子往蛇嘴裏送！告訴你，牠一口能吞下一隻兔子呢！」

我和那小夥子對話時，兒子仍然吵著要去和那條大蟒玩，他根本沒有危險的意

識。對那個把大蟒拖走的小夥子，他的意見可大了，嘴裏不住嘟囔著：「叔叔壞，叔叔壞，還我蛇蛇，還我蛇蛇。」

此時，被兒子親熱地稱作「蛇蛇」的大蟒，正焦灼不安地在鐵絲籠子裏翻騰，血紅的舌頭從鐵絲網裏不停地往外吐著……

聽著小夥子的話，再看籠子裏的大蟒，我真有些害怕了。回想剛才那一幕，確實有點可怕，這樣冒險，真是拿兒子的小命開玩笑了。我怎麼成了如此魯莽的父親？

轉眼兒子九歲了。在他後來接觸的大部分故事中，無論是電影、電視節目或是各種各樣的書籍，蛇的形象差不多都是兇惡殘忍的，在他的心目中，蛇簡直成了邪惡的代名詞。在幼稚園裏，他曾經爲小朋友們背誦過《農夫與蛇》，得到過老師的表揚；在後來創作的圖畫中，他把蛇畫成了面目猙獰的妖魔。其實，自打那次在馬戲團的後院裏摸大蟒之後，他再也沒有機會接觸過蛇。

最近，我把他小時候不怕蛇的故事講給他聽，他幾乎不敢相信。

「真的嗎？我敢去摸大蟒蛇的腦袋？」

「真的。」我又問他，「假如現在再叫你和一條大蟒蛇待在一起，你敢不敢？」

「當然不敢。」兒子不假思索地回答，回答完之後，他似乎有點想不通，「咦，奇怪了，難道我現在還不如小時候勇敢？」

我告訴他，並不是他現在不勇敢，而是他小時候還不懂什麼是恐懼。

鳥謎

前幾年，常往山裏跑，每次進山，總會遇到一些有意思的事情。那次在雁蕩山，就有一次小小的奇遇。

我和幾位同伴挑一條少有人行走的野徑遊山，一路上常被一些藤藤蔓蔓擋住去路，得折騰一會兒才能繼續朝前走。

就在尋路的時候，同伴中的一位驚喜地喊起來：「看，好漂亮的鳥蛋！」幾個人圍上前去一瞧，都不由得驚歎了：三顆滴溜滾圓的小鳥蛋，粲然奪目地躺在一堆枯草之中。

鳥蛋的大小如同孩子們玩的玻璃彈珠，顏色也奇特，天藍色，隱隱約約有一些墨綠的斑點。如不是在深山枯草中發現它們，我們怎麼也不會想到這是鳥蛋，誰說這些不是精巧別緻的工藝品呢！

三顆鳥蛋被一位同伴小心翼翼地裝進了口袋，於是大家重新上路。

同伴中另一位，從小在山裏長大，竟老是念念不忘這三顆鳥蛋：「哎，我說，把這三個蛋放回原處去吧。」

「爲什麼？」

「等一會兒，雌鳥會來找我們的。」

「哪有這種事情，你想像力太豐富了。」

「真的，不騙你們，那時候聽山裏的老人們說，搗了荒山野草裏的鳥蛋，鳥要找來報仇呢！」

山裏長大的同伴說得挺認真。可誰也不理會他的話，只覺得他可笑，年紀輕輕卻滿腦瓜子朽木疙瘩。

沒走出二百米，怪事就來了。一隻白胸脯的灰褐色小鳥，從後面追了過來，繞著我們的頭頂兜圈子，嘴裏發出一種急促不安的啼喚。不多久，又飛來了第二隻鳥，兩隻鳥一高一低，不停地繞著我們飛。

大家誰也沒說一句話，都停住了腳步，呆呆地看著這一對奇怪的小鳥。牠們越飛越低，有時甚至差點撲到臉上來。牠們的叫聲也越來越急促，似乎在憤憤地咒罵著什麼。

大約站了五分鐘，兩隻鳥絲毫沒有放棄我們的樣子，依然圍著我們急急地飛，憤憤地叫。山裏長大的同伴突然喊起來：「還愣什麼，快把蛋還牠們呀！」

拾蛋的同伴趕緊從口袋裏掏出鳥蛋，慌裏慌張地把它們擱到一塊大石頭上。然而，所有的人都傻了眼：三個鳥蛋全碎了，透明的蛋清在石頭縫裏無聲無息地流淌，天藍色的蛋殼成了一些碎片片……

兩隻鳥斂起翅膀，停落在那塊大石頭上。我們都緊張地注視著牠們，不知牠們將如何動作。

兩隻鳥繞著碎了的鳥蛋蹦跳著，嘴裏停止了啼鳴，似乎是既無驚愕，也無悲哀。大約過了兩三分鐘，牠們停止了蹦跳，盯著腳邊的碎蛋，面對面呆呆地站定了。依然聽不見啼號，彷彿是一種默哀。可惜不懂鳥的表情，否則，大概能從牠們呆瞪著的眼睛裏發現傷心和絕望的。

重新上路時，心頭似乎負著沉沉的歉疚。山裏長大的那位同伴，臉色有些不自然，嘴裏在低聲嘀咕著：「看吧，看吧，牠們會找來的！」

正說著，只聽見頭頂響起一陣尖厲的鳥鳴，是那兩隻鳥，果然又找來了，牠們在我們的頭頂盤旋了四五圈，便迅疾地飛去，消失在密密的叢林中。而牠們的啼喚卻久久在我們耳畔縈繞迴旋，這一聲高一聲低的啼喚，聽得讓人揪心，我們不禁面

面相覷。

我突然想起許多年前看過的一部電影來：

森林中的一棵老樹上，有一窩出殼不久的小喜鵲，當牠們大張著小嘴等外出覓食的母親時，一隻饑餓的禿鷲撲了下來，殘忍地生吞了毫無抵抗能力的小喜鵲。小喜鵲的母親飛回來發現兒女們已被殺害，淒哀地繞鳥窩盤旋著。當見到兇手時，喜鵲竟然奮不顧身地撲了上去。

洋洋得意的禿鷲舔著鉤嘴上的鮮血，根本不把悲憤的喜鵲放在眼裏，舉翅輕輕一扇，就差點兒把喜鵲扇落在地。如此反覆幾次，喜鵲精疲力竭，終於歪歪斜斜地飛入密林深處。

禿鷲以爲平安無事了，蹲在樹杈上閉目養神，奇蹟就在這以後出現了！不多一會兒，喜鵲從密林中飛回來，並且帶來一群喜鵲。一場驚心動魄的搏鬥，在森林裏展開了。

喜鵲們雨點般毫無畏懼地向禿鷲發起了攻擊。禿鷲立即揮舞巨大有力的翅膀，把許多喜鵲打落在地，那鉤嘴和利爪更厲害，不斷有喜鵲在牠的反擊下犧牲。然而喜鵲決沒有退卻的意思，前仆後繼，輪番向禿鷲進攻著。

林子裏，轟鳴著喜鵲憤怒激動的呼號，禿鷲的光腦袋上被啄出血來了，牠身上那些灰褐色的羽毛也一根一根被拔下來，在喧鬧的空中飛揚著。牠這才慌亂了，展翅想溜，然而，已經無路可走——密林中不停地有喜鵲飛出來，成千上萬隻喜鵲像一塊黑壓壓的雲，遮住了天空，遮住了日光，這是一張無法衝破的復仇之網。禿鷲無可奈何，只能守在樹上拼死抵抗。

喜鵲們的進攻越來越有力，混戰中，禿鷲的一隻眼睛被啄瞎了，牠的嚎叫淹沒在喜鵲們憤怒的呼號中……禿鷲，那兇猛的饕餮之徒，終於被徹底摧垮，羽毛被拔得所剩無幾，像屠宰場中剛剛被褪了毛的死火雞，躺倒在腐葉和敗草之中。在如血的殘陽中，喜鵲們無聲地重歸密林，不知去向……

當上述鏡頭從我的記憶庫藏中浮出來，一幕一幕重現在眼前時，我有些緊張了。今天，我們會不會成爲那隻倒楣的禿鷲？如果那兩隻飛走的山雀真從山裏引來一大群憤怒的鳥找我們報復，事情可不是好玩的！我沒有說出自己的擔憂，只是默默地跟著同伴們踏荒前行。

那個下午是索然無味的。我們在荒草和亂石中轉了半天，竟迷失了方向，辨不清東西南北。山中的風景名勝彷彿都躲著我們，所到之處，儘是野溝荒嶺。一直到天黑下來，才找到一條出山的路。這時，幾個人都是汗垢滿身，狼狽不堪了。

我們坐在路邊的一棵樟樹下，突然，頭頂響起了鳥叫，又尖厲又悲哀，和山裏那兩隻鳥一模一樣，只是這叫聲中似乎多了一種嘲諷的味道。等我們抬頭尋覓時，只看見樹葉簌簌動了幾下，兩個小小的黑影在幽暗的天幕中閃了一閃，然後便什麼也沒有了。

「瞧，牠們報復了我們，讓我們在山裏白轉了半天。」山裏長大的那位同伴已經沉默了半天，此刻總結似地吐出一句話來。

沒有人贊同，也沒有人反駁。也許，這只是一次巧合吧。我想，在大自然和生命之間，還有許多不爲人類所識的奧秘，還有許多未解之謎，這大概是誰也不會否認的。

義鷗

砰！

堤外一聲槍響。在堤內葦棚裏吃午飯的民工紛紛端著飯碗爬上堤岸去看。

開槍人已不知去向。堤外的一個水塘中央，漂著一隻受傷的海鷗。槍彈大概打傷了牠的一隻翅膀，牠只能用一隻翅膀在水面撲打著，再也無力飛起來。

一大群海鷗在水塘上空盤旋著不肯離去，牠們的鳴叫驚惶而哀傷。

「哪個缺德鬼，連海鷗也要打！」

「落水的海鷗恐怕活不成了。」

「看好，牠們會把落水的海鷗救走的！」

「牠們？誰？」

「那些會飛的海鷗。這是海鷗的規矩，牠們講義氣。」

「海鷗不是人，哪能曉得什麼義不義氣！」

「不相信，那麼看好！」

民工七嘴八舌的爭論引起我極大的興趣。海鷗講義氣，很新鮮。我默默地聽，可心裏也不相信海鷗會救自己的同類，牠們似乎不可能有這樣的覺悟和能力的。

一陣大風刮來，泥沙落進了飯碗。民工們哄叫著返回堤內，又躲進葦棚裏扒飯。

飯後，大家又爬上堤岸，堤外的水塘裏已不見了那隻受傷的海鷗，曾在水塘上空盤旋鳴叫的那一大群也已不知去向。

「我說海鷗講義氣，對不對！看，落水的海鷗被救走了！」

「怪了，牠們怎麼個救法呢？」

「真了不起。有些人還不及海鷗呢。」

「……」

大家站在堤岸上，俯視著那一片平靜的水塘，誰也不再說話。水面上，漂浮著幾根小小的白色羽毛。

蟈蟈

窗臺上掛起一隻拳頭大小的竹籠子。一隻翠綠色的蟈蟈在籠子裏不安地爬動著，兩根又細又長的觸鬚不時從竹籠的小圓孔裏伸出來，可憐巴巴地搖晃幾下，彷彿在呼喚、祈求著什麼。

「怪了，牠怎麼不肯叫呢？買的時候還叫得起勁。真怪了……」一位白髮老人湊近蟈蟈籠子看了半天，嘴裏在自言自語。

老人的孫子和孫女，兩個不滿八歲的孩子，也趴在窗臺上看新鮮。

「牠不肯叫，準是怕生。」小女孩說。

「把牠關在籠子裏，牠生氣呢！」

小男孩說著，伸出小手去摘蟈蟈籠子。

「小囡家，別瞎說！」老人把籠子掛到小孫子搆不到的地方，然後又說：「別著急，牠一定會叫的！」

整整一天，蟈蟈無聲無息。兩個孩子也差點把牠忘了。

第二天，老人從菜籃裏拿出一隻鮮紅的尖頭紅辣椒，撕成細絲塞進小竹籠裏，「吃了辣椒，牠就會叫的。」他很自信。兩個孩子又來了興趣，趴在窗臺上，看蟈蟈怎樣慢慢把一絲絲紅辣椒吃進肚子裏去。

整個白天，蟈蟈還是沒有吱聲，只是不再在小籠子裏爬上爬下。夜深人靜的時候，蟈蟈突然叫起來，那叫聲又清脆又響，把屋裏所有的人都叫醒了。

「聽見了麼，牠叫了，多好聽！」老人很有點得意。

兩個孩子睡眼朦朧，可還是高興得手舞足蹈，把床板蹬得咚咚直響。

蟈蟈一叫就再也沒有停下來，從早到晚，不知疲倦地叫，叫……牠不停地用那清脆洪亮的聲音向這一家人宣告牠的存在，很快，他們就習以爲常了。蟈蟈的叫聲彷彿成了這個家庭的一部分。

蟈蟈的叫聲畢竟太響了一點。在一個悶熱得難以入睡的夜晚，屋子裏終於發出了怨言：

「煩死了，真拿牠沒辦法！」說話的是孩子的父親。

「爸爸，蟈蟈爲什麼不停地叫呢？」

男孩問了一句，可大人們誰也不回答。於是兩個孩子自問自答了。

「牠大概也熱得睡不著，所以叫。」

「不！牠是在哭呢！關在籠子裏多難受，牠在哭呢！」

大人們靜靜地聽著兩個孩子的議論，只有白髮老人，用只有自己能聽見的聲音歎息了一聲……

早晨醒來時，聽不見蟈蟈的叫聲了。兩個孩子趴在窗臺上一看，小籠子還掛在那兒，可裏面的蟈蟈不見了。小籠子上有一個整齊的口子，像是用剪刀剪的。

「牠咬破了籠子，逃走了。」老人看著窗外，自言自語地說。

家鼠

那還是在幼年時，大概四五歲吧，有一次跟母親去黃浦江邊的外灘公園。在一個圓形大亭子裏，我發現有一隻肉色的小動物，在亭子的欄杆上慢慢爬動。牠的皮膚光滑，身體近乎透明，樣子就像一隻袖珍小豬，那麼精緻，那麼滑稽。

我捧起那小動物，牠也不逃跑，馴順地趴在我的手心裏，閉上了眼睛。我捧著那小動物，興奮地跑到母親身邊，想讓她分享我的收穫。母親見到那小動物，臉上的表情就像是見我手捧著一顆冒煙的手榴彈，她驚悸地大喊一聲，重重地拍了一下我的手臂，那隻小動物摔落在地。

我俯身想去救牠，母親又對準牠踩了一腳。小動物死了，嘴角還流著血。

母親說：「這是老鼠，髒，以後再不許碰牠們！」

這是我第一次看見老鼠，說實話，在童年的眼光中，那實在是一隻可愛的小動物。儘管我從那時起知道老鼠不能碰，但母親粗暴地踩死那剛出生不久的可愛的小老鼠，我還是難過了好幾天，甚至對母親也有了成見。

隨著年齡的增長，對老鼠的認識日益明確。老鼠，被人稱爲家鼠。但沒有一個人會想豢養老鼠，牠們寄居在人家，屬於不請自來，是強行的偷偷的進入人類的生活。在生活中，牠們和賊，和小偷是同義詞，只要哪裡有吃的，哪裡就有牠們的牙痕和爪跡。

中國人的詞典中，有多少貶損老鼠的辭彙：獐頭鼠目，鼠目寸光，鼠輩小人，鼠肚雞腸，抱頭鼠竄……更有「過街老鼠人人喊打」這樣的俗語。可見人們對老鼠厭惡的程度。城裏人的日用品中，凡和老鼠有關的，都是用來捕殺剿滅牠們的，鼠夾，鼠籠，鼠膠，鼠藥……然而，老鼠卻是十二生肖中的老大，中國人還要過鼠年，逢到鼠年，還要想方設法講很多關於老鼠的好話。這是多麼滑稽的一件事情。

其實，在我的記憶中，老鼠的形象很複雜，絕非一個壞字或者好字能夠概括。

小時候，聽祖母說過，世界上，最聰明精靈的，就是老鼠。人們如果議論牠們，牠們一定會聽到。所以祖母說到老鼠，總是用另外一個詞代替，祖母叫牠們「老鬼三」。

就在祖母說這些話後的沒有幾天，我便親眼看見了老鼠的精靈。

那時，我和兩個姐姐睡在一個閣樓上，閣樓的天花板上，有一個小洞，常有老鼠出沒。我的一個姐姐最怕老鼠，每次看到老鼠都要亂喊亂叫。那大，我們睡在床上，看著天花板上的小洞，便議論起老鼠來。

姐姐說，老鼠其實是膽小鬼，沒有什麼可怕的。我說，別叫牠們的名字，牠們會聽見，叫牠們「老鬼三」吧。

姐姐大笑說，你這麼迷信，太可笑啦。

姐姐話音剛落，天花板上的小洞裏突然一亮，一隻碩大的老鼠出現在洞口，目光炯炯地盯著姐姐。姐姐驚叫一聲，嚇得用被子蒙住頭，哇哇大哭起來。

那老鼠走出來，大模大樣地在我們的床邊巡視一圈，才不慌不忙地返回牠的洞穴中。

這件事，幾乎使我們徹底相信了祖母的話，在家裏談到老鼠，再也不敢直呼其名，而是跟著祖母叫「老鬼三」。

歲月如流水般過去，生活一直在變化，然而老鼠的形象依然如故。牠們仍然是賊，是小偷，是最不受歡迎的動物。

我結婚後，曾經在浦東的居民新村住過，那時，家裏常鬧鼠，每天晚上，廚房裏總有老鼠出沒。妻子和姐姐一樣，也是天生怕鼠。臥室就在廚房隔壁，只要有老鼠的響動，妻子便心驚膽戰，整夜無法入睡。長此以往，簡直沒有辦法過日子了。

那時，我的書房和臥室是在同一個房間，深夜，我坐在書桌前寫作，竟然看清了老鼠行動的路線。牠們是從陽臺進入我們的房間，然後沿著牆根，穿過臥室，進入廚房。在廚房裏完成了牠們的覓食任務之後，牠們一定會沿著來路從陽臺門出去，每天如此，就是那幾隻老鼠。這樣，我便有了一個剿滅牠們的計畫。我瞞著妻子，開始行動。

深夜，我在書桌前寫作，陽臺門口有輕微的動靜，我看著老鼠們一隻一隻偷偷地走進來，幽靈一般潛入廚房。我隨即跟入廚房，掩上了廚房和臥室之間的門，只留下一條窄窄的門縫，這門縫，就是捕殺牠們的機關。

我開了燈，坐在門口，手扶著門把手，靜靜地開始等待。我知道，牠們一定會離開廚房，沿固定路線回去。老鼠知道有人進入廚房，躲到冰箱和櫥櫃背後，不發出一點聲音。我和那幾隻老鼠，都在屏心靜氣等候。對自己的行動能否成功，我並沒有把握。這是人和鼠之間的耐心和智慧的較量。

大約半個小時之後，一隻老鼠從櫥櫃底下爬了出來，牠露了一下頭，又縮回去，經過幾次試驗，見沒什麼動靜，牠大概認爲危險已經過去，便走了出來。牠就站在我的腳邊，抬頭看著我，我也看著牠，大家都一動不動。在燈光下，我將牠看得很清楚，那是一隻毛茸茸的灰褐色老鼠，腦袋很大，眼睛很亮，樣子並不難看。

這是一種非常奇怪的對視，牠似乎並不懼怕我。其實，在燈光下，牠看不到我，所以無所謂懼怕。我這才領教了「鼠目寸光」是怎麼回事。

牠從我的腳邊走過，走到牆邊，沿著牆角，向門口走去。走到門口，牠又警惕地探視了一會，見沒動靜，才鑽進了門縫。

就在老鼠的身子進入門縫的同時，我用力將門關上，只聽見門縫中「吱呀」一聲慘叫，那老鼠便一命嗚呼……這一夜，我以相同的方法捕殺了進入廚房的三隻老鼠。家裏的鼠患從此結束，妻子和朋友們對我的「勝利」很佩服。而我，卻並不覺

得這是什麼美妙的事情。戰勝幾隻小小老鼠，有什麼可以誇耀的，而且，我是以如此險惡的方式剝奪了牠們的生存權利。如果鼠類有思想和言語，不知該怎樣譴責我呢。

老鼠實在是很可憐的動物，牠們要和人類共處，卻必須在人類的圍剿和詛咒中生存。不過有意思的是，人類剿殺了牠們那麼多年，牠們居然還頑強地在人類的眼皮下繁衍著。這大概也是大自然生態平衡的一部分吧。

麻雀

對我來說，沒有一種鳥比麻雀更親近了。牠們每天都活躍在我的視野中，有時在窗外的樹上撲騰，有時就飛到我的窗臺上溜躂，這使我有機會近距離看牠們。麻雀頭大脖子短，褐色羽毛，形象並不美，但很可愛。只要活著，牠們似乎沒有一分鐘停止活動，永遠成群結隊地在那裏蹦蹦跳跳。

幼年時看過人類圍剿麻雀的景象。那時，中國人把麻雀列爲害鳥，全民共誅之，成千上萬人對著天空吶喊，敲鑼打鼓，可憐的麻雀在人們的討伐聲中驚惶亂飛，無處歇腳，最後精疲力竭，如中彈般從天空紛紛墜落，有些麻雀就撞死在牆頭。

我也曾敲打著臉盆參與過圍剿麻雀的戰爭，開始覺得好玩，但目睹麻雀們的死亡過程，幼小的心裏充滿了同情。還好，鬧劇很快結束，麻雀們得到平反，牠們在人類的世界中又重獲生存的權利。

少年時，我有過一次養麻雀的經歷。將一隻剛孵化出不久的小麻雀，從一個小小的粉紅色肉球，餵養成一隻羽毛豐滿的麻雀，這是一個不簡單的過程。爲了給小麻雀尋找食物，我曾無數次爬到樹上摘皮蟲。餵食時，小麻雀仰起腦袋大張著黃口，發出急切的呼叫，我這才懂得了什麼叫做「嗷嗷待哺」。

在麻雀還沒有真正學會飛翔時，我和牠有過最美妙的相處。我將牠扔到天上，牠會拍打著翅膀飛回到我的手掌上。現在回想起來，那真是不可思議的景象。然而，等牠完全掌握了飛行的本領，就再也不甘心被我豢養。

一次，我將牠扔上天空，牠展翅遠去，消失在天空中，再也沒有回來。那時，我也懂得了，對於這些成群結隊在人類周圍飛翔活動的小鳥來說，自由比什麼都重要。

上小學時，有一次正上課，有兩隻麻雀飛落到教室的窗臺上，發出極其歡快的鳴叫，全班同學都被那興奮宛轉的鳴叫聲吸引，從來沒有聽到麻雀這樣叫過。窗臺上的景象，也是以前沒見過的，只見那兩隻麻雀拍打著翅膀交纏在一起，一會兒磨著嘴，一會兒互相攀騎，像是在打架，又像是在親熱。

給我們上課的是一個年輕的女教師，她也停止了上課，看著窗外那兩隻麻雀，不知爲什麼，竟然臉色漲得通紅。那兩隻麻雀把窗臺當成了舞臺和床，在幾十雙眼睛的注視下，牠們不停地歡叫著舞蹈著，彷彿要沒完沒了糾纏下去。最後，是女教師走過來打開窗戶，趕走了那兩隻麻雀。

牠們飛走後，就停落在旁邊的屋頂上，從教室裏雖然看不到牠們，但牠們的歡聲依然隨風飛揚，飄進每個人的耳朵。這一課老師講的什麼內容，已經沒有一絲印象，而那兩隻麻雀春心蕩漾的鳴叫和歡狀，卻清晰如昨。

前幾年，搬了新家，在書房裝空調時，外牆留下一個洞，裝修結束時，忘了將那洞填補掉。反正那洞和房間並不相通，便沒有填沒它。沒想到這牆洞居然成爲麻雀的家。每天早晚，可以看見牠們飛進飛出，在洞口歡呼雀躍，有時還會飛上窗臺，儼然成爲我的鄰居。在書房寫作時，窗外麻雀們的啁啾成了我耳中美妙的音樂。

那時，家裏養著一隻芙蓉、一隻繡眼，籠子就掛在陽臺上。每天早晨給鳥餵食時，便有麻雀飛來。芙蓉和繡眼吃食，總會把小米弄到陽臺上，這些濺落的小米，就成爲麻雀的早餐。

來陽臺做客的麻雀中，有一隻蹦跳的動作很奇怪，節奏似乎比別的麻雀慢一點，離開時，總是最後一個起飛。仔細觀察後才發現，這隻麻雀竟然只有一隻腳。

每天早晨，這隻獨腳麻雀一定會來，牠在陽臺上蹣跚覓食，雖然動作有點遲鈍，但樣子仍然活潑快樂。

我不知道，牠的獨腳是先天殘缺，還是事故形成，拖著一隻腳飛翔蹦跳覓食，是一件艱難的事情。麻雀的社會裏沒有殘疾組織會照顧牠，爲了生存，牠必須付出比別的麻雀更多的精力。

芙蓉和繡眼飛走後，那隻獨腳麻雀依然每天飛到陽臺上來，我在陽臺上撒一些小米餵牠，看牠用一隻腳在陽臺上來回蹦跳啄食，心裏充滿了憐憫。

獨腳麻雀的孤身拜訪，持續的日子很短，大約四五天之後，牠便消失了蹤跡，陽臺上的小米再無法吸引牠過來。牠是找到了更好的覓食地點，所以放棄了我的陽臺，還是遭遇災禍，再也無法飛翔，我永遠也無法知道。還好，書房外陽臺上的那只牆洞，依然是麻雀們的巢穴，我的耳畔，還是常常能聽見麻雀歡快的啁啾。

麻雀的鳴叫，已經成爲我生活環境的一部分。牠們的聲音，遠比城市裏的人喊車嘯要美妙得多。

烏鴉

很多年前，曾在故宮看到大群烏鴉，還以此爲題寫過詩。

那是日暮時分，夕陽的餘暉在古老皇宮的金黃色屋脊上閃耀。故宮裏已經沒有遊人，聽不見人聲。天上傳來烏鴉的鳴叫，開始只是一聲兩聲，孤獨而嘹亮，黑色的翅膀劃過彩色的屋簷，消失在屋脊背後。而牠們引出的，卻是一大群烏鴉，幾乎是在瞬間的功夫，無數烏鴉從四面八方飛來，密密麻麻停滿了故宮高高低低大大小小的屋頂，烏鴉的鳴叫把寂靜的故宮弄得一片喧鬧。這是令人心驚的景象，彷彿是古老宮殿中的幽靈們在這裏聚會，黑壓壓閃動在天地之間。

有一年冬天到北京，坐計程車經過長安街。也是黃昏時，夕照血紅，天色尚明。呼嘯的寒風中，路邊的樹木早已一派蕭瑟，只剩下沒有樹葉的枝椏。無意中朝車窗外一瞥，發現奇異的景觀，路邊的大樹上，枝椏竟然並不枯禿，無數黑色的物體密匝匝纏滿樹枝，不是樹葉，也不是果實，所有的行道樹上，都是如此。

這是什麼？車在行駛，看不真切。司機發現我在張望，問我看什麼。我問他：樹上是什麼？司機不動聲色，吐了兩個字：烏鴉。

我吃了一驚，這是烏鴉嗎？長安街兩邊的大樹，每棵樹上都停棲著這麼多烏鴉，整條大街上，聚集著多少烏鴉？牠們白天在哪裡活動，此刻又爲什麼會在這裏聚集？更使我納悶的是，我坐在車上，竟然聽不到一聲烏鴉的鳴叫。這些愛聒噪的黑色大鳥，爲什麼變得如此沉靜？

離牠們近在咫尺的長安街上，奔流的車水馬龍正轟鳴作響，牠們似乎視而不

見，只是用腳爪抓住在風中搖動的樹枝，安靜地做自己的夢……

突然想起了烏鴉反哺的傳說。在大自然中，這是罕見的現象。這些懂得報恩父母的黑色大鳥，其實並不可怕。在這麼熱鬧的長街上棲息，能不能看作是牠們親近人類的表示呢。

這時候，如果走進空寂的故宮，金黃色的古老皇宮屋脊上，還有牠們的形聲和蹤跡嗎？

蜘蛛

小小蜘蛛，在人的心目中是一種複雜的生靈。牠們的活動總是在黑暗中，在渾濁中，在塵土飛揚的不潔之地。牠們不動聲色地吐絲結網，編織著貌似溫柔的殺機。對其他昆蟲來說，蜘蛛是陰謀家，是獵殺者，是死神的影子。

兒時，我曾仔細觀察過蜘蛛捕殺獵物的過程。我看到一隻美麗的紅蜻蜓被樹枝間的蛛網纏身，在空中徒然揮舞著晶瑩的翅膀，卻難以掙脫。而那張羅網的主人，是一隻比蜻蜓小許多倍的灰色蜘蛛，牠蟄伏在不遠處，很冷靜地觀賞著蜻蜓在牠的網中掙扎。

我看不見蜘蛛的表情，但可以想像，牠洋洋得意，被自己的巨大捕獲陶醉。牠大概也有點緊張和不安，始終和蜻蜓保持著距離，盯緊了蜻蜓的每一下掙扎，唯恐那網被掙破，蜻蜓可以身披著輕盈的蛛網重新飛上天空——而這也正是我所期望的。然而，那隻美麗的紅蜻蜓終於精疲力竭，無奈地躺在蛛網上停止了掙扎，最後成爲蜘蛛的美餐。蜘蛛爬到蜻蜓身上饕餮的樣子，讓人憎惡。

然而蜘蛛在生活中竟有美名，中國人的習俗，把蜘蛛稱爲「喜蛛」，說是在屋裏看到蜘蛛，便可能喜事臨門。生活在城市裏，家裏越來越講究清潔，連隱蔽的角落裏也不能容忍蛛網的存在。然而蜘蛛卻還是常常不期而來。

在我的書房裏，有時會有蜘蛛爬到我的書桌上來，甚至還攀上了電腦的螢幕。這些蜘蛛，和我童年印象中的蜘蛛，形象截然不同。牠們有時在牆上或者桌上爬動，有時憑藉著一根看不見的細絲從空中飄落，在我的面前晃晃悠悠，彷彿在招呼我。

我伸出手去，一隻小蜘蛛停在我的手掌中，竟然毫不驚惶，使我能仔細諦視牠。牠是淺灰色的，顏色淡到近乎透明。我想，如果有一個放大鏡，也許能看清牠體內的構造。

牠的肢體是如此精緻，頭上似有嘴臉耳目，身上似有晶瑩的茸毛，八隻細細的腳此起彼落，不慌不忙地移動，彷彿舞蹈家優美的步履。看著這樣的小生命，你不得不感歎造物主的神奇。

我讓那蜘蛛移動到我的食指尖上，將牠靠近我的眼睛。牠仍然不動，彷彿在和我對視。如果牠有視覺，不知會對我這樣一個巨人的驚奇目光作何感想。牠終於發現我的食指不是牠的棲息之地，那些細足在我的指尖輕輕一點，牠的身體便騰空而起，被那根看不見的細絲拽回空中，在我的注視下飄然而去……

我在書房裏一次次看到蜘蛛之後，日子如常，生活依舊，牠們好像沒有帶來過什麼喜事。只是，我的手指敲擊電腦時，似乎比平時更輕盈一些，我看著我靈活的手指，聯想起蜘蛛那些優美如舞步的細足……

野貓

有一年時間，我幾乎每天晚上在一個街心花園散步，沿著灌木叢中的小道，漫無目的地行走，一邊走路，一邊想我的心事。

灌木叢中有安裝於地面的照射燈，燈光裏，常有活潑的身影閃過，快捷如風。這是出沒在這裏的一群野貓。有時，牠們就蹲伏在小路上，似乎有所期待，我走過時，牠們竟然也不怕，直到我的腳快觸及牠們的身體時，牠們才輕輕一躍，隱匿在灌木叢中。若在路上看不見牠們，只要仔細在灌木叢中尋覓，總能發現牠們的目光，熒熒然如螢火閃爍。貓善叫，而這裏的野貓幾乎無聲。

我曾經納悶，這些野貓，何以存活？牠們靠什麼果腹，在哪裡棲身？天天在這裏散步，不久便有了一些答案。

牠們的食物，除了自己尋覓——花園裏，想來沒有多少吃的可以找到，池中有魚，可觀而不可食，土中是否有鼠，不得而知。穿過一條馬路，有居民住宅，現在的城裏人大多閉門鎖戶，野貓們難有機會登堂入室。然而就在灌木叢邊，每天傍晚竟有牠們的一頓大餐。

那天我來這裏散步的時間比平時稍早一些，走到那片灌木叢前時，只見路上聚集著五六隻貓，牠們圍著兩個塑膠飯盒，魚骨和米飯撒了一地。牠們不慌不忙地吃著，一直到舔淨了地上的飯粒和湯汁，才悠然離去。好幾次這個時候，我都看到相似的情景。這大概是野貓們的正餐了。看來，每天傍晚都有人來這裏給野貓們送飯。很多天之後，我才有機會看到兩個有點神秘的餵貓人。

那是一對銀髮老夫婦，黃昏時，他們蹣跚而來，手裏各拎著一個飯盒。他們剛在小路上出現，灌木叢中的野貓們便歡躍而出，圍著他們轉。兩位老人打開飯盒，站在路邊，看著野貓們吃完飯盒裏的魚和飯，然後收起地上的空飯盒。吃飽的野貓們仍然不想離開，在老人的身邊互相追逐，滿地打滾。兩個老人默默地欣賞著野貓們的歡狀，佇立片刻，又默然離去。野貓們又重新隱入灌木叢中。

寒冬之夜，北風呼嘯，街心花園裏一片清冷，灌木叢不再有濃密的枝葉。野貓們如何應付這鋪天蓋地的寒冷？我在灌木叢中行走，不見野貓們的蹤影，從灌木叢中射出的燈光也變得飄忽閃爍。

燈光爲何飄忽？我尋找裝在地面的燈，竟看見了貓。一隻黑貓，蹲伏在高出地面的玻璃燈罩上，正靠著燈光的熱能取暖。在雪亮的燈光烘托下，牠那身在白天看來蓬亂的黑毛變得晶瑩透明，彷彿生出一圈耀眼的光環。牠抬頭看著我，兩隻眼睛變成了一對小小的探照燈，在寒夜中茫然轉動……

我發現，只要有一盞地燈亮著，就有一隻野貓蹲在燈罩上取暖。裝這些地燈的人大概不會想到，用來驅散黑暗的燈光，竟會給野貓們帶來溫暖。不走進這片灌木叢，永遠也不會看到這樣奇怪的景象。

有多少人間的光明，會在寒夜中變成生靈的熱能呢？

繡眼和芙蓉

曾經養過兩隻鳥，一隻繡眼，一隻芙蓉。

繡眼體型很小，通體翠綠的羽毛，嫩黃的胸脯，紅色的小嘴，黑色的眼睛被一圈白色包圍著，像戴著一副秀氣的眼鏡，繡眼之名便由此而得。牠的動作極其靈敏，雖在小小的籠子裏，上下飛躍時快如閃電。牠的鳴叫聲音並不大，但卻奇特，就像從樹林中遠遠傳來群鳥的齊鳴，迴旋起伏，變化萬端，妙不可言。繡眼是中國江南的鳴鳥，據說無法人工哺育，一般都是從野地捕來籠養。牠們無奈地進入人類的鳥籠，是真正的囚徒。牠動聽的鳴叫，也許是對自由的呼喚吧。

那隻芙蓉是橘黃色的，毛色很鮮豔，頭頂隆起一簇紅色的絨毛，黑眼睛，黃嘴，黃爪，模樣很清秀。據說牠的故鄉是德國，養在中國人的竹籠中，牠們已經習慣。芙蓉的鳴叫宛轉多變，如銀鈴在風中顫動，也如美聲女高音，清洽百囀。

晴朗的早晨，牠的鳴唱就像一絲絲、一縷縷陽光在空氣中飄動。芙蓉比繡眼溫順得多，有時籠子放在家裏，忘記了關籠門，牠會跳出來，在屋裏溜躂一圈，最後竟又回到了籠子裏。自由，對於牠來說似乎已經沒有多少吸引力。

兩隻鳥籠並排掛在陽臺上。繡眼和芙蓉相互能看見，卻無法站在一起。牠們用不同的鳴叫打著招呼，兩種聲音，韻律不同，調門也不一樣，很難融合成一體，只能各唱各的曲調。牠們似乎達成了默契，一隻鳴唱時，另一隻便靜靜地站在那裏傾聽。據說世上的鳴鳥都有極強的模仿能力，這兩隻鳥天天聽著和自己的歌聲不一樣的鳴唱，結果會怎麼樣呢？

開始幾個月，沒有什麼異樣，繡眼和芙蓉每天都唱著自己的歌，有時牠們也合唱，只是無法協調成兩重奏。半年之後，繡眼開始褪毛，牠的鳴唱也戛然而止。那些日子，陽臺上只剩下芙蓉的獨唱時而飄旋起伏。

有一天，我突然發現，芙蓉的叫聲似乎有了變化，牠一改從前那種清亮高亢的音調，聲音變得輕幽飄忽起來，那旋律，分明有點像繡眼的鳴啼。莫非，是芙蓉模仿繡眼的歌聲來引導牠重新開口？然而褪毛的繡眼不爲所動，依然保持著沉默。於是芙蓉鍥而不捨地獨自鳴唱著，而且叫得越來越像繡眼的聲音。

繡眼不僅停止了鳴叫，也停止了那閃電般的上下飛躍，只是瞪大了眼睛默默聆聽芙蓉的歌唱，彷彿在回憶，在思考。牠是在回想自己的歌聲，還是在回憶那遙遠的自由日子？

想不到，先獲得自由的竟是芙蓉。一天，妻子在爲芙蓉加食後忘記了關籠門，發現時已在一個多小時以後，那籠子已經空了。妻子下樓找遍了樓下的花壇，不見芙蓉的蹤影。在鳥籠裏長大的牠，連飛翔的能力都沒有，牠大概是無法在野外生存的。

沒有了芙蓉，繡眼顯得更孤單了，牠依然在籠中一聲不吭。面對著掛在對面的那只空籠子，牠常常一動不動地佇立在橫杆上，似乎是在思念消失了蹤影的老朋友。

一天下午，我從外面回來，妻子興沖沖地對我說：「快，你快到陽臺上去看看！」還沒有走近陽臺，已經聽見外面傳來很熱鬧的鳥叫聲。那是繡眼的鳴唱，但比牠原先的叫聲要響亮得多，也豐富得多。我感到驚奇，繡眼重新開口，竟會有如此大的變化。

走近陽臺一看，我幾乎不相信自己的眼睛：鳥籠內外，有兩隻繡眼。鳥籠裏的繡眼在飛舞鳴叫，鳥籠外，也有一隻繡眼，圍著鳥籠飛舞，不時停落在鳥籠上。那隻自由的野繡眼，翠綠色的羽毛要鮮亮得多，相比之下，籠裏的繡眼顯得黯淡，不過，此刻牠一改前些日子的頹喪，變得異常活潑。兩隻繡眼，面對面上下飛躍，鳴叫聲激動而急切，彷彿在哀哀地互相傾訴，在快樂地互相詢問。

妻子告訴我，那隻野繡眼上午就飛來了，在鳥籠外已盤桓了大半日，一直不肯飛走。而籠裏的繡眼，在那野繡眼飛來不久就開始重新鳴叫。籠裏籠外的兩隻繡眼，邊唱邊舞，親密無間地分食著食缸裏的小米，興奮了大半天。

那兩隻繡眼此刻的情狀，使我生動地體會到「歡呼雀躍」是怎樣一種景象。妻子建議把籠門打開，她說那野繡眼說不定會自動進籠，這樣，我們可以把牠養在芙蓉待過的空籠子裏。有一對繡眼，可以熱鬧一些了。可我不忍心打斷兩隻繡眼如此美妙的交流，我不知道，在我伸出手去開鳥籠門時，會出現怎樣的局面。是野繡眼進籠，還是籠裏的繡眼飛走？

我想了一下，無論出現哪種結局，都值得一試。於是，我小心翼翼地伸出手去，但還沒有碰到鳥籠，就驚飛了籠外那隻野繡眼。我打開籠門，再退回到屋裏。籠裏那隻繡眼對著打開的籠門凝視了片刻，一蹦兩跳，就飛出了鳥籠。牠在陽臺的鐵欄杆上站了幾秒鐘，然後拍拍翅膀，飛向樓下的花壇，轉眼就消失得無影無蹤。

從遠處的綠蔭中，隱隱約約傳來歡快的鳥鳴。

佩雷斯和他的皮夫

【題記】

這是我一九八五年訪問墨西哥時聽到的一個故事，回來後，我將它寫成了一篇小說，在雜誌上連載多期，引起很多讀者的濃厚興趣。

兒子四歲時，我曾經把這篇小說念給他聽，他也聽得津津有味。小說中有狗，有孩子之間的恩怨和生死友情，有和平年代突發的災難和傳奇的故事，這一切，對他來說非常新鮮。

兒子上學後，我又讓他自己讀了這篇小說，他一口氣讀完了，並且向我提出很多問題。諸如：這故事是不是真的？多洛莉絲公墓中真的有皮夫的墓嗎？我告訴他，在墨西哥大地震時，確實發生過類似的故事。於是他對這篇小說就更加有興趣了。

真實的故事，永遠要比虛構的故事更有吸引力，對孩子尤其如此。我想，這故事要告訴人們的是，生命之間最珍貴也最重要的，是理解和愛。兒子他們以後大概能讀懂的。

新里昂人公寓的看門老頭像往常一樣站在門口，一隻眼睜，一隻眼閉，好像在注意從門口進進出出的每一個人，又好像什麼也沒有看見，因爲無論誰從他面前走過，他總是用那種機器人般的動作點著頭。

「嗨，老胡安。」人們都這樣稱呼他。

「嗨，你好。」他於是便例行公事似的一點頭，在鼻子裏咕嚕了一聲算是作答。

突然，老胡安那隻一直閉著的眼睛睜開了一些，露出不知道是惱怒還是驚喜的神情。公寓門口，出現了一個渾身上下髒兮兮的小男孩，黑頭髮、黑眼睛、黑衣褲，連面孔也是黑乎乎的。那件寬大的舊大衣裏不知鼓鼓囊囊裝了些什麼。

「嗨，野鬼，又鑽到哪裡去啦？小心我打斷你的腿！」

老胡安聲色俱厲，可小男孩卻沒有一點懼怕的樣子，他嘻嘻地笑著，學老胡安的樣子睜一隻眼閉一隻眼，還點了點頭，只是兩隻手捂著鼓鼓囊囊的肚子，顯得有些不自然。

老胡安驚訝的目光定在小男孩的兩隻手上不動了——那鼓鼓囊囊的大衣裏藏著什麼？還一顫一顫地在動呢！這小東西，搞什麼鬼？

「嗨，佩雷斯，大衣裏藏著什麼？鬼頭鬼腦的，像一隻要生小狗的母狗！」

老胡安話音剛落，叫佩雷斯的小男孩就嘿嘿嘿笑起來。他把大衣下襬一撩，大衣裏竟真的伸出一隻毛茸茸的狗腦袋，這是一隻灰不溜丟、蓬頭蓬腦的雜色小狗，和小佩雷斯一樣，看上去髒兮兮的，有錢人家裏決不會讓這種狗進門。可這小狗的兩隻眼睛似乎特別亮，黑幽幽的像兩顆通了電的磁鐵，讓你非盯住它們看不可。

小狗仰起腦袋定定地盯著老胡安，灰濛濛的臉上是一副天真好奇的表情。

老胡安瞧著小狗愣了片刻，緊繃的臉逐漸鬆弛了。「從哪裡抱來這條小狗？」問這句話時，他的臉上已經有了幾絲笑意。

「在街心花園裏，牠病了，躺在一棵小樹下沒人要牠，我就把牠抱來了。爺爺，我們要牠吧！」小佩雷斯帶著懇求的目光期待著老人的回應。

「牠叫什麼？」

小男孩用力眨巴了幾下眼睛，彆彆扭扭地從嘴裏憋出一個怪名字來：「皮夫。」

皮夫，聽起來像一個外國名字。幾秒鐘之前，佩雷斯的腦子裏還沒有這個名字，他自己也不知道怎麼會想出這麼個名字。也許，這條沒人要的小狗就是該叫這麼個名字吧。

「皮夫。好，與眾不同。」老胡安伸手摸了摸小狗的腦袋，又重重地在佩雷斯的後腦勺上拍了一下：「去，還愣什麼？快給皮夫擺個床鋪去！」

佩雷斯地歡叫一聲，拔腿就往公寓裏跑。皮夫從他的大衣裏掉到了地上，也搖頭擺尾地跟著跑進去。跳上臺階，牠居然沒忘記回頭跟老胡安打招呼——直著脖子叫了兩聲，弄得門廳裏一片回聲。

「嘿，這小東西，好像是有點與眾不同呢。」老胡安看著皮夫那對又黑又亮的眼睛，聳著肩膀咕嚕了一句。

老胡安當然不會反對小佩雷斯收留皮夫。當年，可憐的小佩雷斯也像皮夫一樣流落街頭，是他把佩雷斯帶回家、當作自己的孫子收養起來。祖孫倆相依爲命，使貧窮寂寞的生活有了許多歡樂和生氣。現在，家裏又多了個四條腿的小夥伴，那不是件壞事情。

在高大巍峨的新里昂大公寓裏，佩雷斯的家大概是最擠最小的，這是底層樓梯邊的一間小屋子，專門給守門人住的。

新里昂大公寓可是墨西哥城裏規模數一數二的大住宅樓，繞著這幢十二層高的大樓走一圈，得花好多時間。

有一次，佩雷斯問爺爺：「我們這幢樓裏有多少人？」

爺爺想了半天，說：「誰數得清呢？總有萬把人吧。」

萬把人到底是多少人呢？八歲的佩雷斯還搞不清這個數字的概念，他指著大樓門前阿斯台堯廣場上的一大群鴿子，又問：「有這群鴿子多嗎？」

爺爺睜一隻眼閉一隻眼瞅了瞅那群鴿子，揮揮手答道：「當然比牠們多得多啦！」

哇，一萬人，還真不少呢，假如變成鴿子，飛起來恐怕把天都要遮沒啦！

在這一萬人裏，小佩雷斯認識的人卻寥寥可數，能叫出名字的只有三四個。二樓的何薩，一個臉上長滿雀斑的胖男孩；三樓的奧恰多，一個比他高出一個頭的中學生；還有阿雷西斯，一個嬌生慣養的跛腳男孩。

佩雷斯認識他們，是因爲同一個原因——這三個男孩，都有一條狗。何薩的爸爸是個警官，他有一條又高又神氣的狼狗，何薩牽那狼狗時，總是挺著肚子眼睛朝天，神氣得就像一個警官。奧恰多養了一條雪白的大牧羊狗，據說是純荷蘭種，是條很有身價的名種狗。阿雷西斯呢，腳邊總跟著那條又矮又胖的哈巴狗，沒有事情也愛叫，叫聲又尖又細，就像小姑娘哭。

佩雷斯認識這三個有狗的男孩，可他們並沒有把佩雷斯當好朋友，他們都是有錢人的孩子。這幾條狗，使佩雷斯眼熱了好多日子。何薩他們一出現，佩雷斯就要搭訕著靠上去，可他們才不愛搭理這個渾身上下髒兮兮的小傢伙呢！

「你也想養條狗，哈，做夢！」他們曾經牽著自己的狗這樣嘲笑佩雷斯。

佩雷斯帶著皮夫奔進家裏，心裏別提有多高興。哼，我要讓你們瞧瞧，我也有一條狗了！皮夫的窩搭在哪裡呢？對了，就搭在床鋪底下吧！

佩雷斯撩起床單，拍拍皮夫的背脊說：「喂，皮夫，你就睡在這裏，怎麼樣？」

皮夫好像聽懂了佩雷斯的話，猶豫了片刻，小心翼翼地鑽到黑洞洞的床底下，過了一會兒又鑽出來，挨著佩雷斯的小腿直搖尾巴，似乎在表示對牠的這個新窩挺滿意呢！

佩雷斯心裏也覺得有點奇怪，這條小狗，彷彿真能聽懂人話似的。他在街心花園裏看見牠時，只招了招手，輕輕說了聲：「過來，過來。」牠就慢吞吞地走到了佩雷斯跟前，那對亮晶晶的黑眼睛毫不畏懼地盯著佩雷斯，像是在打量一個老朋友。

佩雷斯問牠：「喂，小東西，願意跟我回家嗎？」小狗搖了搖尾巴，又用毛茸茸的腦袋在佩雷斯的小腿上輕輕撞了一下。佩雷斯把牠抱起來時，牠一點兒也沒有反抗。

佩雷斯正坐在地板上和皮夫親熱，背後突然有人嘿嘿地笑出聲來，回頭一看，只見門框外晃動著一張長滿雀斑的胖臉。不用說這是何薩。大概是皮夫剛才在樓門口那兩聲叫喚把他給引來了。

「喂，佩雷斯，你從哪裡撿來的這條小野狗？」何薩嬉皮笑臉地開口了，他怕佩雷斯聽得不清楚，又加重語氣說，「這種小野狗能算是狗嗎？」

「不是狗是什麼？」佩雷斯瞪著何薩，眼睛裏直冒火星。他覺得何薩那張胖臉從來沒有像現在這樣難看，那密密麻麻的咖啡色雀斑彷彿許多惡毒的小眼睛，一起在那張胖臉上嘲笑著自己。

「像什麼？嘿嘿，」何薩擠了一下眼睛，說，「像你的女朋友……」

何薩話音未落，皮夫突然向門口躥去，沒等何薩反應過來，皮夫已經一口咬住了他的一隻手。

何薩哇地驚叫一聲，拔腿就往樓上逃，嘴裏連聲喊：「好，你等著，小野狗，你等著！」

佩雷斯快活得大笑起來，一直笑到流出眼淚。等笑完後，他才發現皮夫已經靜靜地臥在他身邊了，正抬起小腦袋得意地望著他，牠的嘴裏還銜著何薩的一隻手套。幸虧何薩戴著手套，要不，手背上準給撕下一塊皮來。

第二天是星期天，天氣很好，佩雷斯帶著皮夫出門去。阿斯台堯廣場上有許多人在散步。有皮夫在身後跟著，佩雷斯覺得自己比平時神氣多了。昨天他和爺爺一起給皮夫洗了個澡，皮夫再不是那麼灰不溜丟了，牠的毛色原來是棕黃色的，其中

夾著一些黑色，在陽光裏，油亮亮的，就像壁畫上的美洲虎。如果發現有人在注意皮夫，佩雷斯就更加神氣了。

突然，皮夫在身後發出一聲驚悸的慘叫。佩雷斯回頭一看，不禁傻了眼，何薩的那條大狼狗，不知從哪裡躥出來，把皮夫撲倒在地，一張大嘴惡狠狠地咬住了皮夫的頸脖子。皮夫哪裡是狼狗的對手，只能徒然地掙扎著，嘴裏發出憤怒的嗚咽。

何薩就站在不遠處得意地笑著，奧恰多和阿雷西斯也和他站在一起笑。佩雷斯聽見他們一邊笑一邊輕蔑地叫著：「小野狗！小野狗！」

佩雷斯正想衝過去救皮夫，皮夫和大狼狗之間卻突然發生了戲劇性的變化。皮夫趁狼狗稍稍鬆開的一剎那，以極快的速度勇猛地咬住了狼狗的前腿，狼狗痛得咆哮了一聲，一下子高高地蹦起來，退得遠遠的。

皮夫還沒有來得及回轉身來，新的災禍又臨頭了。奧恰多的那條牧羊狗像一道白色的閃電似的撲上來，一點也沒費什麼力氣就把皮夫壓在了腳底下。大狼狗喘過一口氣，復又猛撲上來。

兩條大狗肆意撕咬著比牠們弱小得多的皮夫，在廣場上滾做一團，只看見白花花的牙齒和血紅的舌頭在皮夫金黃色的皮毛上閃爍纏繞。阿雷西斯的那條哈巴狗也奔過來湊熱鬧了，牠興奮地繞著三條狗打轉轉，嘴裏尖叫著，像是在慶祝大狼狗和牧羊狗的勝利，又像是在嘲笑皮夫的不堪一擊……

等三條狗像得勝者那樣大搖大擺班師回朝時，皮夫已經躺在地上不會動彈了。

佩雷斯抱起皮夫，撫摸著牠傷痕累累的瘦小的身體，忍不住哭起來：「好皮夫，你可不要死，要活著，我來訓練你，等你長大了去報仇！好皮夫，不要死……」

佩雷斯嗚嗚咽咽安慰著皮夫，皮夫卻顯得很平靜，牠睜大了那雙亮晶晶的黑眼睛凝視著主人，好像在說：「沒什麼，別哭了。」

皮夫沒幾天就恢復了，佩雷斯真的開始訓練皮夫了——臥倒、後退站立、跳越障礙、尋找隱藏著的對象……皮夫真聰明，什麼都一學就會，而且記性挺好，學會了就不再忘記。練累了，佩雷斯給牠吃一片麵包喝一點水，牠就滿足了。

唉，只怨家裏太窮，爺爺和佩雷斯吃什麼，皮夫也就吃什麼，什麼麵包、馬鈴薯、玉米餅，偶爾也有牛肉和雞。可不管吃什麼，皮夫總是嚼得津津有味，牠一點也不偏食，什麼都願意吃。可一離開家，牠就什麼也不吃了，在路邊見到食物，牠連瞧都不瞧一眼。這當然是佩雷斯訓練的結果，他看過一部警犬的電影，那些出色的警犬決不會碰生人送來的食物。

佩雷斯對皮夫的訓練是悄悄進行的，這是他的秘密，可不能讓何薩他們知道。何薩他們知道了，大概又會笑話他的。可是你們等著瞧吧！佩雷斯相信他的皮夫有一天會爲自己報仇雪恨的。

佩雷斯和何薩他們現在真是勢不兩立了，見了面再也不說話。有一次，何薩牽著他那條大狼狗從樓上下來，正好迎面碰上佩雷斯和皮夫。何薩眼睛朝天，得意洋洋地吹著口哨，還故意讓他的大狼狗和皮夫靠近，狼狗呼哧呼哧地咆哮著，齜露出白花花的牙齒向皮夫示威。

佩雷斯假裝滿不在乎，心裏可是緊張極了，要是何薩一鬆手讓狼狗撲過來，皮夫肯定還要吃虧。可奇怪的是，皮夫卻真的滿不在乎，面對那條虎視眈眈的大狼狗，牠非但不退縮，還主動迎上前去，兩隻黑眼珠放出溫和的光芒。以後見了那條小熊似的大牧羊狗，皮夫也是這樣處之，不畏懼也不記仇。

佩雷斯覺得有點奇怪，晚上睡覺時，他摸著皮夫的頭，板著臉問道：「喂，朋友，你是不是害怕了？你是不是孬種？假如你真是沒種的傢伙，咱們就別再做朋友了！」

皮夫仰起腦袋，睜大兩隻黑幽幽的眼睛盯著佩雷斯，沒有任何動靜。

老胡安在一邊嘿嘿地笑起來：「傻小子，你真把這小狗當人啦！牠要能聽懂你的話，恐怕天也要塌下來啦！」

皮夫突然奇怪地咆哮了一聲，一下子從佩雷斯手中掙脫出來，躥到門口，用腦袋在門上撞了兩下，然後又折回來，急躁不安地在屋子裏打轉，嘴裏不斷地喘著氣。

「皮夫，你在找什麼？」佩雷斯驚奇地問。

皮夫不搭理佩雷斯，在門口趴下來，身體奇怪地顫抖著。

佩雷斯從床上跳起來，猛地打開門，門外空空蕩蕩的，什麼也沒有。

「咦，怪了，皮夫是怎麼啦？」佩雷斯關上門，有點摸不著頭腦。

老胡安關上電燈，說：「牠大概有點不舒服，沒事，睡覺吧。」

黑暗中，皮夫的喘息聲越來越使人心煩。

皮夫到底怎麼啦？

迷迷糊糊的，佩雷斯就睡著了。睡夢中，他還聽見皮夫的喘息聲，這聲音像一群大馬蜂似的在他的耳畔纏繞，一會兒飛到極遠的地方，一會兒又重新飛回來。終於，這群馬蜂再也不肯飛走，越來越瘋狂地圍著他旋舞，彷彿想淹沒他，吞噬他。突然，他的手背被一隻馬蜂狠狠地刺了一下……

佩雷斯大叫一聲，從床上跳起來，他一邊揉著手背，一邊睜大惺忪的眼睛環視頭頂，暗乎乎的房間裏，連一隻馬蜂也沒有。

他正在奇怪，腳上又是一陣劇痛，低頭一看，原來是皮夫在咬他的腳！這小東西，今天真瘋了！佩雷斯心裏好惱火，他揮手想打皮夫，那手卻僵在空中打不下去了。

是皮夫的目光震撼了佩雷斯。牠瞪大了那雙黑幽幽的眼睛盯著佩雷斯，眼眶裏含著晶瑩的淚水，目光中有驚懼，有緊張，也有悲哀的乞求。牠凝視了佩雷斯一會兒，突然撲到他身上，一口咬住他的袖口，猛地把他拖下床，喉嚨裏發出低沉的咆哮，拼命地把佩雷斯向門口拖。

老胡安也一骨碌起來了，他走過來抓住皮夫的頸脖子，拎起來就向門外扔，嘴裏還罵道：「你這怪東西，晚上吵了一夜。天亮了還要胡鬧！滾出去！」

想不到皮夫四腳剛著地，馬上又躥回屋裏，一口咬住佩雷斯的褲腿，把褲腿給扯開一條口子，佩雷斯不得不跟著皮夫來到屋外。老胡安抓起一根木棍，也怒氣沖沖地跟出來，「這條小狗，大概真的瘋了！」

佩雷斯剛在大樓門前站定，腳下的水泥地突然不可思議地顫抖起來。他以爲自己是在做夢，然而水泥地顫抖得越來越厲害，他再也無法站穩，撲通一聲跌倒在地。回頭一看，爺爺也已經跌倒在地上，水泥地還在繼續顫動，就像是在風浪中顛簸的輪船甲板。

老胡安坐在地上愣了幾秒鐘，終於驚恐地喊起來：「地震！是地震！」

佩雷斯抬頭望去，看見了一幅幅只有在童話電影裏才可能見到的畫面：平坦的廣場起伏波動著，像在風中蕩漾的湖泊；廣場周圍的樓房彷彿在這刹那間都變成了一群高矮不齊的瘋人，站在那裏拼命搖晃，似乎想擺脫大地對牠們的束縛，遠處有幾幢大樓在晃動中裂開了、粉碎了，在一陣煙灰中消失了；那座高高的電視塔平時鶴立雞群，神氣得不得了，此刻搖擺得比誰都厲害，在幾次大幅度的擺動之後，牠終於支持不住，像一個喝醉了酒的高個子紳士，慢慢地倒下來；許多可怕的炸裂聲如同發自地層深處的雷鳴，由遠而近，在近在咫尺的地方震耳欲聾地響成一片……

佩雷斯回頭仰望身後，不由得發出了驚悸的呼喊：「啊！我的老天爺！」

十二層的新里昂大公寓像一個被人拋起的大箱子，瘋狂地搖動著，震碎的窗玻璃和水泥片劈哩叭啦滿天亂飛。青灰色的樓牆上閃電般地豁開無數條裂縫，裂縫隨即又變成了一條條可怕的巨蟒，迅速地在牆面爬動、蔓延、擴張……

佩雷斯正不知所措地傻望著，老胡安突然從地上一躍而起，抓住佩雷斯的衣領拼命往空曠的廣場上跑，兩個人搖搖晃晃地才跑出十幾步路，只聽見背後轟隆隆一陣驚天動地的巨響，彷彿崩坍了一座大山。回頭望去，巍峨的新里昂大公寓已經不見了，留在那裏的只是一大堆籠罩在煙塵中的水泥塊和磚石瓦礫。

新里昂大公寓永遠地消失了！

大地已經停止了顫抖，佩雷斯緊抱住爺爺，兩個人呆呆地站著，皮夫蜷縮在佩雷斯的腳邊，目光也癡癡地盯著倒坍的公寓大樓。周圍是一片可怕的沉寂，猶如火山爆發前剎那間的寧靜。

過了十幾秒鐘，倒坍的大樓中便傳出了慘絕人寰的聲音：開始有人呼救、哭喊、呻吟……這些聲音彷彿從極深的地層底下傳出，撕人心肺，裂人肝膽。在這一大堆磚石瓦礫之下，到底有多少人已經喪生，有多少人安然無恙地活著，有多少人受了傷，誰也無法知道。

老胡安把頭垂在胸前，慢慢地跪下來，這大樓中許許多多他以前每天都要打招呼的人，就這麼突然地被埋葬了，他實在難以相信。但這是真的！眼淚在他灰濛濛的面頰上流淌……

佩雷斯把皮夫緊緊地抱在懷裏，無聲地抽泣著。這一切來得太突然，他還來不及仔細想這到底是怎麼一回事。但有一點他已經非常明白：多虧了皮夫，他和爺爺才沒有被埋葬在樓底下！是皮夫救了他們的命！皮夫怎麼會知道有地震呢？這是一個謎。

人們從四面八方向新里昂大公寓奔來。在這場震撼世界的大地震中，這是傷亡最爲慘重的　幢大樓。老人們跪在地上掩面嗚咽，失去孩子的媽媽們哭得捶胸頓足，悲痛欲絕，淚流滿面的男人們趴在瓦礫堆上拼命地用手扒著、挖著，有些人悲慟得忘記了哭泣，只是木然坐在地上，黯然的目光裏全是絕望……

在悲傷而又慌亂的人群中，佩雷斯發現了何薩的爸爸和媽媽，何薩的媽媽倚在丈夫的肩頭哭成一團，何薩的爸爸身穿警服，但已失去了往日的那種威嚴，他眼裏含著淚，撫摸著妻子的肩膀，正在低聲地安慰她……

何薩死了！他那條大狼狗並沒有能夠救他。佩雷斯的眼前又出現了那張長滿雀斑的胖胖的臉，還有那嘲諷輕蔑的目光。他曾經那麼憎惡這張臉，但此時此刻，面

對著何薩可憐的媽媽和他失去了威嚴的爸爸，他積蓄在心裏的那些仇恨似乎也一下子瓦解了。壓在瓦礫堆下的何薩會不會還活著呢？他想。

瓦礫堆下爬出好些還活著的人來，這些倖存者顧不得滿身的塵土和血污，和悲喜交加的親人們抱頭痛哭。有些人在瓦礫深處呼救，但卻無法爬出來，佩雷斯突然生出一個想法：能不能叫皮夫鑽進瓦礫堆裏去救人呢？他曾經訓練皮夫去找隱藏著的東西，聰明的皮夫每次都能成功。

他蹲下來，輕輕地拍拍皮夫的背脊，像平時訓練那樣命令道：「皮夫，去！去！」皮夫一搖尾巴，毫不猶豫地跳上瓦礫堆，向高處爬去，很快便消失在一塊大水泥板底下。

這時，幾輛警車呼嘯著開來了。警車上跳下一大群維持秩序的員警，他們封鎖了新里昂公寓附近的街口，驅散了圍觀的人群。老胡安也被員警趕走了。

一個高大的員警一把揪住佩雷斯的領子，連拖帶推地把佩雷斯往外趕，急得佩雷斯尖聲大叫：「快放開我，我的皮夫在裏面救人，牠還沒出來呢！你讓我留下！讓我留下！」

也許是佩雷斯的喊叫使員警產生了好奇心，他放下佩雷斯，大聲喝問道：「什麼皮夫？你搞什麼鬼？」

「皮夫是我養的狗，今天是牠救了我和爺爺！現在牠鑽進去救別人了！這是真的，我不騙你，不然你割掉我的舌頭！」

員警沒有再追問，放開佩雷斯去趕別人了。佩雷斯回到瓦礫堆邊上，沿著皮夫攀登的方向爬上去，找到了皮夫鑽入的那個窟窿口，然後雙手握成喇叭狀大聲向裏面喊著：

「皮夫！皮夫！快——出——來！」

大約過了一刻鐘，皮夫終於出現在窟窿口。牠倒退著艱難地向上爬著，嘴裏拖著一個白色的大包囊。在牠呼哧呼哧的喘氣聲中，還隱隱約約伴著一種奇怪的聲音，這聲音微弱尖細，斷斷續續，像小貓的叫聲。

皮夫花了好大的力氣，才將那白色包囊拖了上來。佩雷斯這才看清楚：原來是一個襁褓！皮夫救了一個嬰兒！

裹在襁褓裏的嬰兒沒有受到任何傷害，正閉緊了眼睛起勁地哭著。而皮夫的頭上和身上卻有好幾道血痕，大概是被鋼筋劃破的。

救援隊的人們都圍了過來。嬰兒被傳下去了，但沒有人來認領，只能和傷患一起往醫院裏送。他的父母，大概已經葬身在水泥和磚石底下了。

皮夫一下子成了救援隊的英雄。牠用鼻子在瓦礫堆上嗅著，等牠停下來不動，對著地下大聲吠叫時，救援隊的人們便一擁而上，搬開磚石，撬開水泥板，實在不行，便動用吊車把巨大的水泥板移開，當發現受傷的倖存者時，人群便情不自禁地爆發出一陣歡呼。而皮夫呢，卻已經轉到別處去找傷患了。

到下午，皮夫除獨自救出一個嬰兒外，又幫助救援隊救出五個傷患。牠累極了，渾身上下的毛又髒又亂，還帶著血污。佩雷斯真心疼啊，他把皮夫抱在懷裏，給牠吃了一段香腸，喝了一點水，輕輕地用手撫摸著牠身上的傷痕。

香腸和水，是那個曾經想趕他走的大個子員警送來的，他拍著佩雷斯的肩膀，微笑著說：「好孩子，你給大家幫了大忙啦！好好慰勞慰勞你的小狗吧！」現在佩雷斯和皮夫走到哪裡，哪裡的人便立即讓出路來。

從瓦礫堆中挖出無數受難者，他們的樣子慘不忍睹，有的被砸碎了頭，有的缺腿少胳膊，有的成了血肉模糊的一團。在受難者中，佩雷斯發現了奧恰多和阿雷西斯，他們都是在睡夢中被坍下來的水泥板壓死的。

奧恰多的那條大牧羊狗被壓斷了一條後腿，牠從廢墟中爬出來，看見奧恰多的屍體被塑膠袋囊上運走時，便發瘋似的在後面一拐一拐地跟著，嘴裏發出淒厲的嚎叫。汽車駛遠了，牧羊狗還是拼命地追，後來再也沒有回來。

何薩始終沒有被發現，也不見那條大狼狗的蹤影。他是不是還活著呢？

何薩家住的二樓，被壓在廢墟的最下面。誰也不知道下面的情況怎麼樣。如果還有人活著，那簡直是奇蹟。但是，有什麼法子能知道下面的人是不是還活著呢？

何薩的爸爸不愧爲一個警官，儘管兒子還生死不明，但他已成爲搶救現場的一個指揮員。他站在一塊大水泥板上，指手畫腳大聲呼喊著，黑色的警服上落滿了塵土。

何薩的媽媽一直呆呆地坐在一塊石頭上，廢墟中每挖出一個人，她都會激動地站起。一次又一次的失望，使她變得有些麻木了，那紅腫的眼睛裏已經沒有了淚水，只是直愣愣地瞪著面前那山丘一般的廢墟。

佩雷斯發現，她的手裏提著一件大紅的球衫和一隻書包，佩雷斯一眼便認出來了，這球衫是何薩的。他心裏忽然想出一個辦法來。

佩雷斯帶著皮夫走到何薩媽媽面前，輕聲說道：「太太，我能幫助您嗎？」

何薩媽媽抬頭看了佩雷斯一眼，茫然地搖了搖頭。

「太太，請您把何薩的衣服和書包借我用一下，我能幫您找何薩！」

何薩媽媽眼睛一亮，驚奇地問：「你說什麼？你有什麼辦法救他？」她並不認識佩雷斯，也不知道兒子和佩雷斯之間的往事，她不相信眼前這個渾身上下髒兮兮的小傢伙會創造出什麼奇蹟。

佩雷斯拍拍皮夫的腦袋，很認真地說：「試一試吧，皮夫能幫我的忙，牠今天已經救出好幾個人了！」皮夫也仰起腦袋，目光炯炯地盯著何薩媽媽。

何薩媽媽將信將疑地把衣服和書包遞給佩雷斯。佩雷斯打開何薩的書包，取出一枝筆，又從一本簿子上撕下一頁白紙，歪歪扭扭地在紙上寫上兩行字：

何薩，你受傷了嗎？

我們正在想辦法救你！請回答！

他把紙折成細細長長的一條，又拿出一根細繩子，把紙和筆紮在一起，繫到皮夫的頸圈上，然後讓皮夫聞一聞何薩的紅球衫，再聞一聞何薩的書包。皮夫很鎮靜，彷彿懂得其中的一切。

「皮夫，去找何薩！去！去！」佩雷斯發出命令後，皮夫立即精神抖擻地躍上瓦礫堆，三跳兩跳便不見了。

何薩媽媽站起來，注視著皮夫消失的方向，焦急的眼神中似乎有了一線希望。

時間一分鐘一分鐘地過去，每一分鐘都顯得那麼漫長。佩雷斯坐在地上，急得直抓頭皮，如果有一雙能透視的眼睛就好了，他的目光可以穿透水泥和磚石看清皮夫的方向。何薩的媽媽更是坐立不安，恨不得自己也跟著鑽進磚石堆中去。

過了半小時，不見皮夫出來。何薩媽媽走到佩雷斯面前，神色緊張地問：「你的小狗會不會逃走了？」

「不會！」佩雷斯回答得很乾脆。

「牠認識何薩？」

佩雷斯默默地點了點頭。

「你和何薩是好朋友？」

佩雷斯一愣，不知怎麼回答才好。說實話吧，他怕何薩媽媽會吃驚，會不放心；不說實話吧，他又不會裝假說謊。正在爲難，磚石堆上突然傳來了皮夫的叫聲。兩個人同時回頭望去，只見皮夫已經從廢墟上一顛一跳地奔下來了，頸圈上的紙條和筆還在！

佩雷斯解開皮夫頸圈上的繩子時，手有些發抖。他覺得紙條的樣子有一些變化，好像被人拆開過。他正想打開紙條，何薩媽媽伸手一把奪了過去。

何薩媽媽展開紙條時，眼淚刷刷地流了下來，那表情又像是哭又像是笑。

「哦，我的何薩！」她輕輕地喊了一聲，把頭埋在紙條裏。

佩雷斯接過紙條一看，在他寫的字下面，又七歪八扭地多出一行字來：

我沒受傷，不能動。渴！

「何薩還活著！」

何薩媽媽激動地喊來了丈夫。何薩爸爸讀著那張紙條，眼圈也紅了，他拉著佩雷斯的手，連聲說：「謝謝你，孩子！」

「謝什麼！何薩還沒有救出來呢！」佩雷斯大聲回答。

何薩爸爸想了想，從本子上又撕下一張白紙，飛快地寫了一句話，然後把紙條交給佩雷斯：「麻煩你的小狗再去給何薩送一次信！」

佩雷斯還沒有來得及看紙條，何薩媽媽又把紙條搶去，也寫了一句話。佩雷斯看那張紙條，只見上面寫著：

親愛的孩子，要堅持住，我們馬上來救你！我和你媽媽和你在一起！

——爸爸

我們愛你！你不要害怕！

——媽媽

佩雷斯拿起筆，又加了一句。

何薩，我和皮夫現在是你的朋友了。

——佩雷斯

紙條和筆縛在一起，又繫到了皮夫的頸圈上。佩雷斯還找來了一個小水壺，盛

了滿滿一壺水，也繫在了皮夫的頸圈上。

「好皮夫，又要辛苦你了！」佩雷斯撫摸著皮夫傷痕累累的身體，皮夫卻依然精神抖擻，頭也不回地鑽進了磚石堆。頸圈上吊了一隻水壺，牠行動起來顯得有些吃力。

何薩爸爸馬上召集來許多救援突擊隊的人。他們搬的搬，忙了半天，似乎很難有進展。那些大塊的水泥板，一塊就有十來噸重，靠人力根本無法移動。而且，弄得不好，疊在一起的水泥板和磚石會往下砸，這對壓在下面的那些倖存者正是性命交關的事情！吊車也開過來了，人們小心翼翼地一塊一塊將水泥板吊起，進度極其緩慢。

皮夫過了大半小時才爬出來。牠的身上又多了幾道傷痕，而且顯得疲憊不堪。頸圈上的水壺已經取走了。那張紙條的背面，有何薩寫的字：

爸爸：我等你們！我愛你們！

佩雷斯：謝謝你和皮夫！以前的事，我後悔！

這時，救援何薩的工作卻進展不大。眼看已近黃昏，天黑後，事情就更麻煩了。當幾塊搭在一起的大水泥板擋住救援突擊隊的去路時，所有的人都為難了——這幾塊水泥板，只要動其中的任何一塊，都可能引起大規模的崩坍，救援工作停下來了。

何薩媽媽淚流滿面，在救援突擊隊員面前跪下來。但所有人都束手無策，何薩爸爸也有些沉不住氣了，用嘶啞的聲音對著磚石堆底下拼命喊何薩的名字……

佩雷斯摸著皮夫的腦袋，默默地看著眼前的這一切。他的腦海裏出現了何薩的臉，那臉上的表情充滿了期待……何薩，何薩，你必須堅持住啊！

一直默不作聲的皮夫，突然奇怪地對著磚石堆大叫起來，彷彿又發現了什麼新的秘密。佩雷斯心裏一緊，會不會是何薩在裏面出了什麼事情？還沒容他細想，皮夫已經掙脫他的手，又鑽進了磚石堆。這次，牠一邊往裏鑽，一邊大聲叫，叫聲越來越微弱。

皮夫想進去幹什麼呢？

何薩的爸爸媽媽也發現了皮夫的行動，這行動中彷彿有什麼不祥之兆。他們緊緊擁抱著，緊張地傾聽著皮夫斷斷續續的叫聲，很快，叫聲就再也聽不見了。一分鐘過去了，半小時過去了，三刻鐘過去了，皮夫一直沒有露臉。天已經漸漸黑下來，救援突擊隊的人們都沒有離開，他們也關心著何薩的生死下落。

佩雷斯忍不住爬上磚石堆，對著皮夫鑽進去的縫隙拼命喊起來：

「皮——夫！皮——夫！」

聲音在很深的地方迴響，但聽不見皮夫的叫聲。佩雷斯不停地喊著，他相信自己的喊聲會被皮夫聽見——只要牠還活著！

果然，從很深的地方傳出了皮夫的叫聲，聲音短促而微弱，而且叫叫停停，似乎非常吃力，站在下面的人都聽見了。何薩爸爸爬上來，和佩雷斯一起等在縫隙口。

皮夫的叫聲越來越響，慢慢臨近了地面，何薩會不會跟在後面呢？佩雷斯喊了幾聲，想不到下面真的傳來了何薩的聲音，這聲音離地面已不遠：

「皮夫在帶我出來呢！我看見亮光了！我……」

何薩的話音未落，只聽轟隆一聲響，佩雷斯只覺得腳下猛地抖了一下，是餘震！他和何薩爸爸都摔倒了。佩雷斯好像聽到了皮夫的一聲尖厲的慘叫，但馬上又沒有聲音了。

何薩爸爸一下子臉色變得慘白。這一下，何薩凶多吉少了！

救援隊的人們都衝了上來，坍陷的水泥一塊一塊被搬開，很快就發現了何薩，他被壓在一塊水泥板下面，但卻還活著，因爲，所有的人都聽見他在傷心地哭呢！

幾十個人齊心協力將水泥板移開，何薩竟然安然無恙地在下面側臥著。皮夫血肉模糊地躺在他的身邊，那塊突然坍下的水泥板正好壓在皮夫身上。

皮夫死了！

佩雷斯撲到皮夫的身上，忍不住大哭起來……

死裏逃生的何薩也和爸爸媽媽一起抱頭痛哭，何薩一邊哭一邊說：

「是皮夫救了我，剛才要不是牠在前面咬著我的衣服帶路，我怎麼也爬不上來！牠是爲我死的，可我以前卻欺侮過牠……」

人們這才想起了皮夫和佩雷斯。但是佩雷斯卻不見了，皮夫的屍體也不知去向。

幾天後，有人在墨西哥城的多洛莉絲公墓裏發現了一塊奇怪的小木牌，這木牌立在一片樹林裏，木牌上寫著：

這裏埋著人類忠實的朋友——皮夫。在悲慘的大地震中，牠為救人類獻出了生命。人們將永遠懷念牠。

每年到九月十九日這一天，假如到多洛莉絲公墓去，你準能看見有兩個孩子和一個老人站在那塊木牌前，木牌前堆滿了美麗的鮮花……

蛐蛐悲喜劇（根據蒲松齡《聊齋誌異・促織》改寫）

【題記】

促織甚微細，哀音何動人。
草根吟不穩，床下夜相親。
久客得無淚，故妻難及晨。
悲絲與急管，感激異天真。

——杜甫

促織，學名蟋蟀，北方人稱蛐蛐兒。這三個名字，大概都是從牠們發出的聲音而得的，蛐蛐，是直接模仿牠們的鳴叫。這些小秋蟲，鳴叫時振動著兩片透明的小翅子，發出的正是「蛐蛐」之聲。蟋蟀，也許是牠們在草叢中爬走蹦跳的聲音。而促織，則間接一些。

這些秋蟲，都在夜晚鳴唱，其聲悠揚悅耳，如琴如瑟，如歌如泣，音遠益幽，動人心魄。其時，鄉間女子正秉燭紡織，疲憊不堪，昏昏欲睡之時，從田間牆角傳來的蛐蛐之聲，彷彿在提醒她們莫打瞌睡，催促她們快快擺弄手中的紡錘和織梭。「促織」這樣的名字，想必是在夜間紡紗織布的女人想出來的，是一個飽含辛苦卻有詩意的名字。

然而，人世間對這些小秋蟲興趣盎然的，卻不是被牠們催著紡織的女人，而是男人。男人對牠們的興趣，也不是因為牠們會在夜間唱歌，而是牠們嗜鬥的性格。

這些小蟲子，凡是雄性，碰到一起，必定要用牠們的牙齒格鬥一番，廝殺個你死我活，鬥得分出勝負方才甘休。這也許應了人類世界的一大特徵。所以千百年來，無數男人把這些嗜鬥的小蟲子引以為知己，把牠們當作寶貝。文人在牠們的鳴聲中感慨著人生的悲涼，而蟲迷們則根據牠們的鳴叫判斷著牠們個頭的大小、戰鬥力的強弱，當然，還有牠們的價值。

玩蟋蟀，本也無可厚非，作為業餘愛好，能使平淡的生活多了一點跌宕和刺激。玩得過火，便應了「玩物喪志」的老話，或許會因此而荒廢了學業事業。不過，於他人於國家也無大礙。最可怕的，莫過於達官貴人和皇帝對這些小蟲子的癡迷，他們的癡迷，須讓平民小百姓為之付出代價。皇帝若迷上了牠們，整個國家都得圍著蛐蛐兒團團轉，人間就亂了套，有人靠牠們平步青雲，也有人因為牠們家破人亡。多少滑稽辛酸事，都在蛐蛐鳴唱中。

1

明太祖朱元璋的兒孫中，有一個叫朱瞻基的，在朱元璋死了二十七年之後當了皇帝，就是被人稱爲明宣宗的那位，其在位時年號爲「宣德」。

在中國的史書中，這位宣德皇帝似乎不算個昏君，他在去祖墳祭掃的路上順便視察鄉村，訪貧問苦，並作《紀農》，寫出農夫四季勞作的艱辛，還寫過《憫農詩》、《織婦詞》，其中有這樣的感歎：「安知織婦最辛苦，我獨沉思一憐汝。」這是留在「正史」中的皇帝正面形象。然而在民間「野史」中，這位宣德皇帝和歷史上的所有皇帝一樣，也有另外一面，譬如，他有一大嗜好：鬥蛐蛐。一到秋天，他就一頭埋在蛐蛐盆罐中，手舞鼠鬚芡草，逗引著他的蛐蛐愛將，從早到晚看牠們車輪大戰，敗者賜死，勝者封爵稱王，忙得不亦樂乎。

也許，這位皇帝把這樣的活動也看作了體恤民情的一種方法，聽到蛐蛐的鳴叫，就會聯想到鄉野，聯想到辛苦勞作的農民，聯想到織婦的辛苦。

這自然是說笑而已，皇帝在鬥蛐蛐時，哪裡會想到這麼多，他的想像，大概也不會超出街頭那些以鬥蛐蛐賭博爲生的潑皮無賴。然而皇袍在身，舉手投足，萬眾矚目，他的愛好，理所當然成了國家大事，宦官宮娥，文武百官，一個個圍著他團團轉，恨不得都變成張牙舞爪的大蛐蛐，討得皇上的歡心。

他當了九年皇帝，大明皇宮在這九年中便成了蛐蛐們的天下。踏進皇宮，便能聽到此起彼伏的蛐蛐兒鳴唱。皇帝的好惡，永遠是臣子們最關心的事情，投其所好，避其所惡，便是升官之道，也是保烏紗帽的良方。皇帝的愛好，對整個國家的文化經濟都會產生大影響。

當時，文人們寫詩吟蟋蟀，學者們撰文論促織，蛐蛐兒文化空前繁榮。而都市鄉鎮的作坊生產，也都和蟋蟀有關，蛐蛐罐，蛐蛐籠，蛐蛐罩，供蛐蛐們住的、吃的、喝的、交配的……五花八門的器具紛紛發明於市，並且形成了規模生產。

皇宮裏不產蟋蟀，善鬥的好蛐蛐哪裡來？那還用問，來自全國各地。如何覓得善鬥的蛐蛐，簡直成了當時官吏們仕途亨通的一大學問。因爲，如要拍皇帝的馬屁，沒有比進貢蛐蛐更管用了。上行下效，京城的大官們絞盡腦汁在搜集蛐蛐，地方上的大小官吏也不甘落後，八仙過海，各顯神通，官吏們的聰明才智，在尋覓蛐蛐這件事情上得到充分展露。我們不妨去一個縣城瞧瞧。

2

西北邊遠的華陰縣，不是繁華之地，也不是出產名蛐蛐的地方。可是華陰縣的縣令也不甘寂寞。一次，有人送給他一隻善鬥的蛐蛐，鬥了幾場，都把對手咬得大敗。這位縣太爺認爲升官的機會來了，趕緊坐著轎子，捧著蛐蛐罐趕到州府。

州府太守精通此道，見到華陰縣令送來的蛐蛐，頗不以爲然。想不到，試著鬥了幾次，華陰的這隻蛐蛐都勝了。太守大喜，吩咐華陰縣令，今後必須經常向他供奉蛐蛐，若得到好蛐蛐，定有重賞。縣令滿口應承。有了兩位地方官的這筆交易，華陰縣的老百姓就苦了。

華陰縣的這位縣太爺，治政無方，覓蛐蛐卻很有一套辦法。他當然不會自己動手去捉，只要動動嘴巴發佈命令就行了。他把各鄉的里長召集到縣衙門，當他們的面下了一道「政令」：必須按時交來上等蛐蛐，過時不交，嚴懲不貸。

官大一級壓死人，縣太爺的命令，里長們誰敢違抗。好在大官有大官們的門道，小吏有小吏們的辦法。那些刁鑽狡猾的公差主意多得很，他們在鄉里提出按人頭輪流攤派，趁機敲詐勒索，每供奉一隻蛐蛐，總要逼得好幾戶人家傾家蕩產。市鎮上一些遊手好閒的浪蕩子，也有了生財之道。他們覓得好蛐蛐後，便用籠子養著，招搖過市，待價而沽，他們手裏的蛐蛐，比金子還貴。

這里長的活兒，可不是人人能幹的。沒能耐的，會被這個差使活活給折騰死。你想，對那些有錢有勢的地主，你根本無法將買促織的錢攤派到他們頭上，而對那些窮得揭不開鍋蓋的佃戶，你又不忍心逼迫他們，那麼，你只能自己擔待著，到頭來是吃不了兜著走，苦不堪言。

有個名叫柳成的里長，這會兒就正在家裏長吁短歎呢。

3

柳成是個讀書人，極老實，平時不愛說話，凡事寧可自己吃點虧，決不和別人爭執。他連著很多年參加鄉試，眼看著兩鬢漸白，卻連個秀才也考不上，成了一個遭人白眼的老童生。

柳成的妻子也是老實巴拉的村婦，夫妻倆有一個兒子，才七歲，小名柳葉兒。柳葉兒生得瘦小，卻聰明伶俐，很討父母喜歡。一家三口，住著兩間草屋，日子過得清苦。有一個可愛的兒子在身邊，柳成的苦日子才有了一點歡樂。

俗話說：「老實遭人欺。」鄉里的公差知道里長這差事難伺候，沒人肯當，便相中了柳成這個老實人。

一日，柳成正在家裏讀書，鄉里的公差突然笑著找上門來，見面二話不說，連聲大喊：「恭喜！恭喜啦！恭喜高升！」

這又不是鄉試放榜的季節，有什麼事情值得恭喜的呢？柳成覺得莫名其妙。公差笑嘻嘻地從懷裏拿出一張縣衙門的公函，塞到柳成手裏。「你榮升本鄉里長，得請我喝喜酒啦！」

柳成一看那公函，不由叫苦不迭。他知道，里長這差事實在不好當，要一家一戶地上門要錢，他哪有這能耐？

狡猾的公差看準了柳成的老實，沒和他商量，就將他的名字上報了縣衙門。柳成苦著臉，結結巴巴地想推辭，公差已經轉身離去，臨走時，還哈哈笑著丟下一句話：「好了，免了你的喜酒吧。日後有了好處，可不要忘了報答我啊！」

柳葉兒在門前玩耍，聽見父親和公差的對話，便問父親：「爹爹，你不是說讀好書能做官，現在讓你做官，你爲什麼不樂意？」

柳成看著天真的兒子，無言以對，只能搖頭歎息。

這份里長的差事，可把柳成害苦了，當了不到一年，爲了交納縣衙門規定的各種錢稅，他幾乎已將家裏的財產典賣一空。秋風一起，縣衙門便下令徵收蛐蛐，要里長們限時交納。柳成不敢向村民收錢，家裏也早已徒具四壁，找不出什麼可以換錢的東西。眼看規定的日期已近，柳成一籌莫展，整天愁眉苦臉。

他趕了一趟集，想找那些養著好蛐蛐的浪蕩子們商量，看能不能先借一個好蛐蛐交差，事後再設法還他們錢。

一個舉著蛐蛐籠子在街上轉悠的浪蕩子，連籠蓋也不肯打開讓柳成看一看，還用尖酸的口氣奚落道：「沒錢，你大爺連個蛐蛐屁也不會給你聞的，滾遠點吧！」

柳成灰溜溜回到家裏，一個人坐在炕頭，面對著牆壁唉聲歎氣。

柳葉兒從外面玩耍歸來，滿身滿臉的灰土。他見爹爹悶悶不樂，便悄悄走到他身後，想逗爹爹一樂。他用一雙髒兮兮的小手輕輕蒙住柳成的眼睛，想不到柳成猛地甩開他的手，回身重重地一推，把個小瘦猴似的柳葉兒推得仰面八叉摔倒在地。柳葉兒嚇得愣了一會兒，哇地一聲哭了，兩行淚水在烏黑的臉頰上畫出兩道白痕來。

柳妻聞聲奔進屋，把柳葉兒從地上扶起來，嘴裏嘟囔道：「跟孩子賭氣有什麼用？打孩子會打出蛐蛐來？」

柳成抱著腦袋，長歎了一聲：「哎，叫我怎麼辦？還不如去死！」

柳妻一聽，惱了：「你倒說得輕鬆，你爲蛐蛐去死，丟下我們娘倆怎辦？」

坐在地上的柳葉兒聽著父母的對話，把臉上的淚水一抹，一骨碌爬起來大聲喊：「爹爹莫愁，我來幫你！」

柳成不耐煩地一揮手：「去去去，你小孩子搗什麼亂！」

「我來幫你逮蛐蛐，我知道哪裡有蛐蛐。」

柳葉兒的話，使柳成一愣。柳妻推了推抱頭歎息的丈夫：「我看兒子說得有道理，與其坐著發呆，不如自己去捉，說不定真能逮著好蛐蛐呢！」

柳成知道，兒子想出來的辦法，也許是他唯一的生路，只能試一試了。於是柳妻忙著準備竹筒絲籠，柳葉兒很懂事地幫母親拿這拿那，也忙得不亦樂乎。只有柳成，一個人皺著眉頭在屋裏踱方步。

4

柳成父子開始實施他們的逮蛐蛐計畫。一大早，父子倆便一前一後出了門。

柳葉兒蹦蹦跳跳，一路小跑，柳成跟在他身後，腳步踉蹌。在柳葉兒的耳朵裏，滿天滿地都是蛐蛐的鳴唱。他手裏拿著一把鏟子，東翻西鏟，可從土堆和牆角石縫裏跳出來的，不是油葫蘆，就是螞蚱和螻蛄，見到一兩隻蛐蛐，也小得跟麥粒似的。父子倆忙了大半天，竟然一無所得。

回家的路上，柳成一聲不吭。柳葉兒也不再有力氣蹦跳，他耷拉著腦袋自言自語：「真見鬼了，蛐蛐難道都躲著我們？」

柳葉兒抬頭見父親滿臉沮喪，又自言自語道：「沒關係，明天，我們一定能逮著牠們！」

第二天，父子倆又一起出門了。出門前，柳葉兒向母親要一個酒葫蘆。柳成問他要葫蘆幹啥，柳葉兒笑著說：「一會兒你就知道了。」他將空的酒葫蘆灌滿了水，繫在腰間。走路時，葫蘆在柳葉兒腰間一顛一晃，弄得他走路也不穩，可他怎麼也不肯丟下這葫蘆。

等到了野外，葫蘆果然有了用處。在一片亂石灘上，他們聽見從很深的地方傳來蛐蛐叫，柳葉兒從腰間解下葫蘆，往石縫裏咕嘟咕嘟倒了一陣水，過一會兒，石縫中連著跳出來兩隻蛐蛐。柳葉兒一邊歡叫，一邊撲著用絲籠去罩蹦跳的蛐蛐。

柳成突然發現，自己的兒子原來那樣聰明機靈。這天，他們捕獲四隻蛐蛐，儘管個頭都不大，也沒有什麼名貴相，但總算有了一點收穫。

第三天，就是縣衙門規定交蛐蛐的最後期限。一大早，柳成從四隻蛐蛐中挑了兩隻稍微大一點的，裝進竹籠，硬著頭皮到縣衙門去交差。

柳葉兒和母親把柳成送出家門，柳成夫婦都不說話，因爲，他們都清楚，這兩隻蛐蛐恐怕交不了差。只有柳葉兒滿懷著希望，他認爲自己逮到的蛐蛐，一定能讓縣官老爺滿意。

柳成臨走，柳葉兒還很認真地關照他：「縣官老爺如果誇你，你不要忘了告訴他，這蛐蛐是我逮到的！」

中午，柳成回來了。他不是走回來的，而是被人抬回來的。原來，縣令一看他送來的蛐蛐，勃然大怒。他認爲用這樣蹩腳的蛐蛐來交差，簡直是對他縣太爺的侮辱。不容柳成分辯，兩個如狼似虎的公差將他按倒在地，扒下褲子，然後揮動木棍劈哩啪啦一陣猛打，直打得柳成的屁股和大腿皮開肉綻，鮮血淋漓，昏死在大堂上。等他醒過來，縣太爺還是不放過他，命他十天之內交來合格的蛐蛐，否則，以

違抗官府論處，除了受刑，還要下獄流放。

看到柳成被打成這樣，柳妻淚如湧泉。不過，她是個沉得住氣的女人，擦去眼淚，她拿出一串銅錢謝了兩個把丈夫抬回家的人，又小心翼翼地將丈夫扶進屋裏，放倒在炕上。柳成的屁股和大腿都血肉模糊，一點碰不得，只能背朝天躺著，身子微微一動，就疼得咬牙切齒直呻吟。

柳葉兒看著滿身是血的父親，嚇壞了。他圍著炕頭轉來轉去，不知道說什麼好。

柳妻打來一盆熱水爲柳成洗傷口，柳成一抬手就把一盆熱水都潑翻在地。

「洗什麼，不用洗。我還是死了的好，免得你們跟我受累。」柳成流著淚，嗓音甕聲甕氣。他顫抖著伸出一個手指，「還有十天，十天，如果找不到好蛐蛐，我就得死。哎，晚死還不如早死……」

柳妻重新又打來一盆熱水，臉上帶著柔和的微笑。她一邊小心翼翼地用一塊手巾蘸著熱水擦拭柳成的傷口，一邊輕聲輕氣地安慰他：「你不要急，天無絕人之路，總會有辦法的。」

柳成只是搖頭歎氣，大概是傷口被碰痛了，「啊喲」叫了一聲，然後竟嗚嗚地哭起來。

柳葉兒還是第一次看到父親這麼哭，也跟著哭了起來。他一邊哭，一邊說：「爹爹，要是我能變成一隻蛐蛐就好了。」

兒子的話，使柳成的心更酸，他摸著兒子的頭，嗚咽著道：「哎，你變成蛐蛐，又有什麼用？」

「我要變成一隻最厲害的蛐蛐，把天下所有的蛐蛐都鬥敗！」柳葉兒把臉上的淚水一抹，眼睛炯炯有光。

看著天真而又認真的兒子，柳成感動了。他長歎道：「但願天無絕人之路。」

5

柳妻嘴裏安慰著柳成，心裏的焦急卻一點也不亞於丈夫。她知道，如果十天後交不出蛐蛐，他們這個家大概就算完了。可她有什麼辦法呢？

第二天，她起個大早，走十幾里路到娘家去借錢。可娘家也不是富裕人家，只借到一斗米錢，根本不夠買一個好蛐蛐。回來經過村口時，只見很多人圍在一間草屋門口，門口垂著一掛布門簾，看不見屋裏有什麼。等在門口的男女老少交頭接耳，人人臉上都露出興奮的表情。

柳妻走過去，問一個姑娘，這草屋裏在做什麼。姑娘驚訝地看著柳妻，反問道：「怎麼，這麼大的事情，妳難道不知道？」

「什麼大事情？」柳妻更覺得奇怪。

「來了大巫仙啦！通天通地，通鬼神，妳心裏想什麼她都明白，妳有病她都包治，簡直神透了！」

姑娘講得眉飛色舞，旁邊的幾個老人也湊了過來，神秘兮兮地議論：「這不是凡人，是神仙下凡！妳有事求她，包管靈驗！」

這種走江湖占卜算卦的巫婆，柳妻以前見過不少，其中不少是騙子，她並不怎麼信，從來不去找她們。可今天，她彷彿有一種遭遇救星的預感，莫非，這就是上天派來幫他們度過難關的救星？

柳妻撩起門簾走進屋，只見昏暗的屋裏香煙繚繞。屋子中間放著一個長桌，桌上供著香爐。站在香爐後面的，是一個模樣怕人的巫婆，她身材矮小，駝背，像是個侏儒，灰黃的臉上皺紋密佈，嵌在皺紋中的小眼睛卻幽幽閃亮，她抬眼看你時，眼睛裏那兩道幽光，似乎能射到你的心裏。

問卜的人往香爐裏插上香，拜上幾拜。那巫婆也不問話，只看你一眼，然後抬起頭，閉著眼睛，嘴巴一張一合，嘴裏念念有聲，誰也聽不清她在說些什麼。這時，問卜的人必須退出去，等在門簾外面。一會兒，門簾裏會丟出一張紙來，上面就寫著你想得到的答案。

輪到柳妻時，她把錢放到長桌上，又恭恭敬敬地往香爐裏插了香，然後跪下來，拜了三拜。做完這些，她站起來，想把心事告訴巫婆，那巫婆卻不理會她，只是用幽幽的眼光將她一掃，點了點頭，然後便閉上眼睛，仰起臉，開始念她的誰也聽不懂的天書。柳妻只能退到門簾外面，站在門口，戰戰兢兢地等著。

大約過了一頓飯的工夫，門簾一動，從裏面飄出一張紙來。柳妻急忙將紙拾起來，一看，不禁傻了眼，那紙上，沒有一個字，卻七歪八斜地塗著一幅畫。細看那畫，柳妻不禁眼睛一亮。

那畫上，畫著一座大房子，好像是一個寺廟，寺廟後面是一座小山，山腳下亂石嶙峋，雜草叢生，草叢中，赫然蹲著一隻威風凜凜的青麻頭大蛐蛐，蛐蛐邊上，有一隻蛤蟆蹲伏欲躍。

柳妻把那幅畫翻來覆去看了幾遍，不知道畫的什麼意思。不過，畫上有蛐蛐，說明那巫婆並非胡亂塗寫。柳妻把畫仔細折疊好，揣在懷裏，急匆匆地趕回家去。

回到家裏，柳妻拿出畫給柳成看。柳成也將一幅畫顛來倒去看了半日，心想，這莫非是指點我捕捉蛐蛐的地方？

就在他捧著畫呆呆地想著的時候，柳葉兒跑進來，湊過小腦袋來一瞧，大聲喊道：「咦，這不是村外的大佛閣嗎？畫上有蛐蛐，是不是讓我們到大佛閣抓蛐蛐呀？」

被柳葉兒這麼一提醒，柳成頓覺恍然。柳妻走過來一看，也覺得畫上的寺廟像大佛閣。

柳成一興奮，屁股上的傷痛也好多了。他急忙穿上衣服，拄著一根拐棍就要往門外跑。

柳妻急了，忙攔住他說：「你的傷還沒好，這麼性急幹嘛？」

柳成斥責道：「妳這婆娘，真是一時聰明一時糊塗。既然高人這麼指點了，怎麼能耽擱！」他們夫妻倆說話的當兒，柳葉兒已經拿來了抓蛐蛐的竹筒和絲籠，那個裝滿了水的大葫蘆，也掛在了腰間。爺倆攜著手，慢慢走出了門。

大佛閣在村子的東面。柳成看著畫，發現畫上描繪的是寺廟後面的景物。畫上的小山，其實是寺廟後面的一座古墳。古墳邊堆滿了大大小小的石頭，石縫中荊棘叢生。把畫中的圖像和眼前的實景一對照，竟然八九不離十，柳成心裏暗暗稱奇。

然而，這裏只有風吹草葉的颯颯聲，根本聽不見蛐蛐的鳴唱。要在這一大片亂石堆中找一個蛐蛐，簡直是大海裏撈針。

柳葉兒蹦蹦跳跳地在前面走，柳成一步一瘸在後面跟著，他們撥開雜草，在石縫中仔細尋覓。不一會兒，柳成耳鳴眼花，身上的傷針刺般的痛，再也走不動了。他不能坐，只能在一塊大石頭邊上站定了喘氣。

柳葉兒在四周轉了一會兒，也沒有發現什麼，有點洩氣。

突然，一隻個頭極大的癩蛤蟆從草叢中跳出來，父子倆都看見了，一起驚叫起來。畫上有癩蛤蟆，莫不是已經接近了那隻蛐蛐？柳成一下子忘記了疲憊和傷痛，一躍而起，和兒子一起，跟著那隻癩蛤蟆，翻石塊，撥草叢，一路追尋過去。

在一大叢荊棘根邊，柳成終於發現了一隻大蛐蛐。柳葉兒心急慌忙地想撲上去，被柳成攔住了：「你這樣毛手毛腳，不行！」他舉著絲網罩小心翼翼地湊過去，可那蛐蛐機靈得很，沒等網罩接近，就鑽進了旁邊的石縫。

那石縫很窄，手伸不進去。柳成拔了一根茅草，伸進石縫撩撥了一會兒，不見動靜。

柳葉兒解下腰間的葫蘆，急急忙忙地就要往裏面灌水。柳成擋住兒子，輕聲說：「你慢一點灌，等我做好準備。」他把蛐蛐罩候在石縫邊設下埋伏，然後才示意兒子灌水。

柳葉兒把葫蘆口對準石縫，咕嘟咕嘟將一葫蘆的水都灌了進去。水剛剛灌完，那隻蛐蛐就鑽了出來，牠往上一跳，被柳成候個正著，正好跳進了絲網罩。柳葉兒丟下葫蘆，「哇」地歡跳起來。

柳成顫抖著手，緊張地盯著網罩看了片刻，臉上露出微笑，嘴裏低聲喊道：「天助我！天助我也！」

網罩裏，蹲著一隻少見的大蛐蛐，那果然是一隻出類拔萃的青麻頭，牠的頸項是青色的，翅膀是金色的，長而厚的身子大如油葫蘆，兩根長長的觸鬚纖毫未損。不用養蛐蛐的行家來鑒定，外行也能看出這是蛐蛐中的將帥之材。柳葉兒興沖沖地湊過來看，被柳成一推，差點摔倒在地。

「爹爹，怎麼啦，我看看也不行？」

柳成一邊小心地把蛐蛐裝入竹筒，一邊答道：「不是不給你看，怕牠跑了。」

柳葉兒把小嘴一噘，生氣了。他想，捉到這大蛐蛐，我也有一份功勞，看看有什麼不可以。

柳成拍拍兒子的腦袋，笑著說：「你別急，回家再看吧。」

回到家中，一家人歡天喜地。柳妻殺了一隻雞，炒了好幾個菜，一家三口慶祝了一番。柳成屁股上的傷痛一下子減輕了許多，吃飯時，他還不能坐，便站著興致勃勃地喝了一碗酒。

喝罷酒，他捧出一個蛐蛐盆，小心地打開盆蓋，和柳葉兒一起好好地欣賞了一會兒，只見那隻大蛐蛐穩穩地趴在盆中間，兩根長鬚慢慢地在盆底掃動，似在尋覓對手。

也許是柳葉兒將臉湊得離蛐蛐盆太近，嘴裏的氣吐到了盆裏，那蛐蛐受了驚，滿盆亂轉起來。柳成趕緊蓋上盆蓋，板著臉對柳葉兒說：「這蛐蛐，我們還得在家養幾日，等縣衙門的期限到了再送過去。記住，這幾天，你千萬不能擅自打開盆蓋逗牠，要是讓牠逃走了，我要你的命！」

柳成的話，又像當真，又像開玩笑。柳葉兒把脖子一縮，笑著答道：「遵命！」

6

那隻關在盆裏的青麻頭，成了柳家的寶貝。每天，都由柳成親自送食餵水，給牠吃蟹腿肉，栗子粉，真是食不厭精。每次餵食，柳葉兒總要湊過來看，可柳成總是立即闔上盆蓋，把他支開，任柳葉兒怎麼哀求，柳成也不肯打開盆蓋給他看。

盆裏那蟲子，對柳成來說實在太重要，全家的身家性命，都在這蛐蛐的身上擔著，兒子毛手毛腳，萬一被他弄出個閃失，豈不要大禍臨頭？

過了兩天，柳成的傷好得差不多了。那天早晨，他要出門看個朋友，臨走，再三關照妻子，別讓兒子碰蛐蛐盆。柳妻有點不耐煩，應付道：「你放心去吧，不會有事的，柳葉兒這娃懂事了，這蛐蛐，不也是他幫你捉到的嗎？」

柳成還是不放心，回到房裏，把蛐蛐盆從桌上藏到了床底下。這時，柳葉兒正好從窗外經過，父親這個動作，恰恰讓他看到了。

柳成出門後，柳葉兒悄悄地走進父親的房裏。他聽見從床底下傳來那青麻頭洪亮的鳴叫聲。他先是忍了一會兒，可是在父親的床前徘徊了一陣後，到底還是按捺不住心裏的好奇。他想仔細看看，這神奇的蛐蛐究竟是什麼模樣，他想用芡草逗牠開開牙，聽聽牠的鳴叫聲。

柳葉兒從床底下找出蛐蛐盆，放到桌子上，然後屏住氣，慢慢地掀開盆蓋。只見那蛐蛐一動不動蹲在盆中央，柳葉兒拿起芡草，想去引牠，沒想到，草還沒有碰到牠，那蛐蛐突然一躍而起，跳出了瓦盆，跳到桌子沿上。

柳葉兒慌了，連忙用手去撲，那蛐蛐又一跳，蹦到了地上。柳葉兒連著撲了幾下，都沒撲到，眼看那蛐蛐就要鑽到床底下去，柳葉兒猛地又撲上去，這一下撲得又準又狠，那蛐蛐就壓在他的手掌下，他的掌心裏涼滋滋地感覺到了蛐蛐的身體。可移開手掌一看，柳葉兒嚇得傻了眼，蛐蛐被壓斷了一條腿，肚皮也裂開了，牠掙扎著在地上爬，爬過的地方淌下一道醬紅色的漿水。

他用兩個手指捏住蛐蛐，放回到盆裏，可牠已經不能動彈。柳葉兒用芡草去引牠，牠沒有了任何反應，死了！柳葉兒又急又怕，伏在桌子上捂著臉嗚嗚地哭起來。

柳妻在外屋聽到兒子的哭聲，急忙跑進來。柳葉兒聽到母親進來，一邊哭，一邊本能地用身體遮擋住桌子上的蛐蛐盆。柳妻問他爲什麼哭，他只是嗚咽著不說話。

柳妻急了，大聲斥責道：「怎麼，你是傻了還是呆了？什麼時候變得這麼沒出息，只知道哭，還算個男人？」

聽母親這麼一說，柳葉兒把眼淚一抹，抬起身子，露出了桌上的蛐蛐盆。柳妻一看，心頭一沉，預感蛐蛐可能逃跑了。她急忙走上一步，想揭開盆蓋，柳葉兒慌忙又將瓦盆捂住。

柳妻又不敢搶那蛐蛐盆，急得連聲問：「你說呀，到底出了什麼事？」

柳葉兒知道無法隱瞞，抽泣著道出了真相：「青麻頭……牠死了。」

柳妻揭開盆蓋一看，只見那隻缺腿開肚的蛐蛐肚皮朝天，直挺挺地躺在盆中間，已經死了一會兒了。柳妻瞠目結舌，只覺得五雷轟頂，驚恐得一時說不出話來。她一下子頹坐在地上，呆呆地看著手上的瓦盆，面如土灰。

柳葉兒從來沒有見過母親這樣，更加驚慌，他走過來，推了推母親，結結巴巴地問：「娘，妳怎麼啦？」

柳妻緩過一口氣，長歎了一聲，陰聲陰氣地說：「唉，禍種啊，禍種！你父親回來，你怎麼辦？我看，你的死期到了！」

柳葉兒像一根木頭似的站在母親面前，嚇得忘記了流淚。

柳妻歎著氣，站起來，也不理柳葉兒，嘴裏喊著：「禍種，禍種，找死的禍種……」一邊就走了出去，把柳葉兒一個人扔在屋子裏。

柳葉兒呆呆地站了片刻，也慢慢地往門外走去。氣得發昏的柳妻看到兒子出

去，也不攔他。

不一會兒，柳成回來了。一進門，便看到妻子滿面愁容，忙問出了什麼事。柳妻也不答話，把他引到房裏。柳成看到桌上的蛐蛐盆，知道事情不妙，揭開盆蓋一看，差點暈倒。他一把抓住妻子的領口，厲聲問道：「怎麼會弄成這樣？」

柳妻只是流淚，不說話。

「是不是那孽種幹的好事？」

柳妻只能無奈地點頭。

「好，這孽種，今天我非打死他不可！」柳成渾身顫抖，像瘋了一樣，他放下妻子，抄起一根木棍，怒氣沖沖地奔出門去。柳妻連忙跟了出去。

夫妻兩個出了門，大呼小叫，在門前屋後找了半天，不見兒子的影子。問鄰居，也都說沒看見。

住在對門的一個老漢見柳成氣成這樣，就勸了幾句，又說：「我剛才一直在門前站著，根本沒見你家的孩子出門，興許是在哪個角落裏躲著呢，你們還是回家去看看吧。」

柳成夫婦回到家裏，又裏裏外外找了一遍，仍不見柳葉兒的人影。

柳妻走到院子裏，突然發現井欄邊有一隻鞋子，頓時大驚失色。她奔到井邊俯身一看，便大聲哭喊起來：「快！快來救救我的娃呀！」

柳成趕過去一看，只見井底下有一個人仰面漂在水面上，白花花的臉在黑黝黝的水面上一冒一冒，那正是柳葉兒。柳成只覺得腦子裏轟的一聲，天彷彿塌了下來，他的腿一軟，癱倒在井欄邊。

鄰居們聞聲趕來，一個小夥子把繩子拴在腰間下了井，把柳葉兒從井裏抱上來。對門的老漢拿來一口鐵鍋倒扣在地上，讓柳葉兒俯臥在鐵鍋上，再輕輕在他背上撫摸一陣，柳葉兒咕嘟咕嘟吐出了喝進肚子裏的水，可他不睜眼，也不出聲。

老漢用手在柳葉兒的嘴邊摸了一會兒，搖頭歎息到：「沒氣了。」

柳成夫婦頓時哭成一團，柳妻抱著柳葉兒濕漉漉的身體哭喊道：「兒啊，都怪我不好，一隻蛐蛐，怎麼能抵得上你一條命？你快回來！快回來呀！」

柳成看著直挺挺躺在地上的柳葉兒，想起了兒子活蹦亂跳幫他一起找蛐蛐的情景，不僅越想越懊悔，越想越傷心。他用雙手捂住臉，淚水不住地從指縫裏淌出來。他嗚咽著對躺在地上的兒子說：「兒啊，該死的是我，是我該死呀！」

如果不是鄰居們勸阻，柳成真想一頭撞死在牆上。

7

鄰居們眼看柳葉兒已經沒有救，勸了柳成夫婦一陣，散開了。

柳成夫婦守著柳葉兒，呆呆地坐著，兩個人默默無言，相對而泣。在貧寒的生活中，兒子是他們唯一的欣慰和快樂之源，現在，沒有了兒子，活著還有什麼意義？轉眼，天快黑了。柳妻摸摸柳葉兒的臉，不覺一喜，柳葉兒的臉上，竟然還有點暖氣，再伏在他胸口一聽，聽到了微弱的心跳。柳妻大叫著一把抱起柳葉兒，柳葉兒的身體綿軟無力，卻並不僵硬。

兒子死而復生，真是奇蹟，夫妻倆來不及擦一擦臉上的淚水，便一頭一腳把柳葉兒抬到屋裏，讓他睡在床上。

柳葉兒依然沒有知覺，渾渾噩噩地昏睡著，臉色卻恢復得和平時差不多。夜裏，柳成夫婦哪裡睡得著，他們一前一後守在柳葉兒身邊，觀察著他身上出現的每一個細微的動作。

半夜裏，柳葉兒突然微微睜開眼睛，噓了一口氣，那噓氣聲，居然像蛐蛐鳴叫的聲音。夫妻倆喜出望外，大呼小叫了一陣，柳葉兒卻彷彿不認識他們似的，只是將毫無神采的眼珠轉了兩下，癡癡呆呆地哼了幾聲，又昏昏然睡過去。眼看兒子已經沒有性命之憂，柳妻和衣在兒子身邊躺下來，並催柳成也去睡一會兒。

柳成站起來，走到外屋，在昏暗的燭光裏，他一眼就看到放在桌子上的蛐蛐盆，心裏不禁一涼。兒子活過來，可蛐蛐活不過來，再過兩天，縣衙門的限期就到了，怎麼辦？柳成在桌子邊坐下來，眼睛盯著空空的蛐蛐盆，眉峰緊鎖，愁腸百結，一點睡意也沒有。

一個漫長淒涼的夜晚過去了。早晨，太陽還是像往日一樣輝煌奪目地從地平線上升起來。

這一夜，柳成一直呆呆地在屋裏坐著，什麼時候天亮，他也沒有注意到。當血紅的霞光透過窗櫺照在他臉上，他才揉了一下眼睛。就在他揉眼睛的同時，從門外很清晰地傳來一陣蛐蛐的鳴叫，這聲音不算洪亮，但尖銳高亢，彷彿一把無形的劍在空中揮動，傳得很遠。

柳成非常驚訝，在家門口，還從來沒有蛐蛐叫，而且這叫聲如此特別。他一躍而起，走到門外，只見門檻前有一隻金黃色的蛐蛐，正振抖著透明的翅膀在鳴叫。柳成俯下身子去捉，那蛐蛐以極快的速度一下子跳開了，柳成轉身再撲，把牠罩在了手掌中。可奇怪的是，明明見到那蛐蛐被罩住了，可手掌中卻空空的不見動靜。

柳成慢慢地抬起手，只見那蛐蛐又從手底下跳起來，跳到了門檻裏邊。柳成趕緊關上門，手忙腳亂地在屋裏追捕那蛐蛐。奇怪的是，那蛐蛐彷彿若有若無，就像一陣來去無蹤的風，一會兒在東牆鳴叫，轉眼又出現在西牆。柳成忙了半天，累得滿頭大汗，還是沒有捉到那蛐蛐。

他想歇口氣，剛坐下來，只見桌邊的牆上有一隻蛐蛐，但是仔細一看，不是剛才那隻，而是一隻黑裏透紅的小蛐蛐，個頭比剛才那隻金黃的蛐蛐小得多。

這樣的小蛐蛐，沒有什麼用處，柳成懶得動手去捉。他站起身，繼續尋找那隻金蛐蛐。可是找遍屋裏的每個角落，卻不見那蛐蛐的影子。

這時，從牆上傳來了尖銳高亢的蛐蛐鳴叫，那聲音，正是剛才那蛐蛐發出來的。柳成抬頭一看，不禁發愣了，牆上那隻黑紅色的小蛐蛐正抖動著翅膀在叫，叫聲竟和那隻金黃的蛐蛐一模一樣。

接下來，發生了更奇怪的事情，牆上的小蛐蛐忽然往下一跳，落在柳成的袖管上。柳成抬手看牠，牠依然穩穩地蹲在袖管上，一動也不動，柳成湊近牠時，牠竟然豎起翅膀叫起來。

柳成發現，這蛐蛐儘管小，但模樣與眾不同，牠的頭是方的，觸鬚一根長一根短，一對白牙長而銳利，黑色的翅膀下，有三顆橘紅色的梅花。柳成拿來蛐蛐盆，那蛐蛐一跳，不偏不倚，正好跳進了蛐蛐盆。柳成心中一喜，他想，這小蛐蛐也許不是等閒之輩，把牠養幾天，說不定能送到衙門交差呢。

柳成走進裏屋，只見妻子已經起床，柳葉兒依然在床上昏睡。

柳妻邊梳頭邊問：「剛才你在外面奔來跑去的幹啥？」

柳成把捉到蛐蛐的事情告訴妻子。

柳妻說：「這一夜，孩子一直沒醒，剛才你在外面折騰時，他的手腳也在一動一動，好像聽得見外面的聲音。」

柳成輕輕推了推柳葉兒，嘴裏喊著他的名字，柳葉兒閉著眼睛躺在哪兒，沒有任何反應。倒是關在盆裏的那隻蛐蛐，在外屋響亮地鳴叫起來。

柳葉兒又昏睡了一天，沒有醒過來。柳妻只能餵一點稀粥給他喝。柳成見兒子成這個樣子，只能歎氣。請了一位老郎中來給他看，那老郎中給他把了脈，說他是氣虛神虧，驚魂不定，只要靜養，自會慢慢好轉，不過有一點忌諱：不能再受驚，如果魂不守舍，那麼，要復原就很難。

郎中這麼一說，柳成便放下心來。既然兒子不會死，就慢慢養著吧。倒是那蛐蛐的事情，成了燃眉之急。

8

早晨，柳成打開蛐蛐盆，只見那小蛐蛐安安靜靜地待在盆裏，一見天光，牠就「嚁嚁嚁」地叫起來，黑色的翅膀下，那幾顆梅花鮮豔奪目。柳成想，得找個機會試一試，讓牠和別的蛐蛐鬥一場，看牠是不是有點能耐。想不到，沒隔一個時辰，機會就找上門來了。

村裏有個叫張四的小夥子，也是個蛐蛐迷，每年他都要養幾隻好蛐蛐，到鎮上以大價錢出售。今年，他也弄到一隻好蛐蛐，自己給牠取名爲「蟹殼青」。

這「蟹殼青」好生了得，鬥遍全村無敵手，把村裏其他人養的蛐蛐一隻一隻全都鬥敗。張四養著那蛐蛐，想著靠牠發財，可是一直找不到買主。他知道今年輪到柳成向縣府交納蛐蛐，而那老實巴拉的柳成是決不可能捉到好蛐蛐的。縣府規定的日期已近，柳成如果不準備一隻好蛐蛐交差，恐怕難過此關。

張四想，這柳成，該是這隻蛐蛐最合適的買主，柳成雖然不富，可他家裏有幾分地，有幾間房子，變賣一下，還是能擠兌出一點錢來的。他提著蛐蛐籠，約了幾個同宗子弟來到柳成家時，柳成正在欣賞他的小蛐蛐呢。

張四一看那小蛐蛐，不禁嘿嘿地笑了起來：「這樣的小蟲子，養著牠有啥用，不如餵了雞。」

柳成闔上盆蓋，訥訥地說：「能不能和你的蛐蛐鬥一鬥看？」

張四一聽，哈哈大笑道：「你這樣的蹩腳蛐蛐，也配和我的『蟹殼青』鬥？還是省一點事吧，只怕不消一個回合，你那小傢伙就會被咬死的！」

張四說著，打開他的蛐蛐籠，向柳成炫耀著他的「蟹殼青」。

柳成一看，只見籠裏的蛐蛐身材又長又寬，鬚尾俱全，那威風凜凜的樣子，很像被柳葉兒弄死的那隻大蛐蛐。

柳成自慚形穢，知道那小蛐蛐不是「蟹殼青」的對手，便說：「好了，不用鬥了，當然是你的蛐蛐厲害了。」

誰知那張四卻說：「既然來了，當然要成全你鬥一下了，要不，怎麼知道我的『蟹殼青』厲害。來來來，咱們開戰！」

不由分說，張四拉著柳成來到院子裏，拿出一個空瓦盆擺在地上，把「蟹殼青」放了進去，然後又用絲網罩把柳成的小蛐蛐也捉了進去。那幫跟著一起來的小夥子們都圍了上來，低著頭看熱鬧。

柳成心想，養著一個不會鬥的蛐蛐，也沒有什麼用，不如鬥一鬥，看那小蛐蛐到底如何。一邊想著，一邊屏住氣盯著地上的瓦盆看。

瓦盆裏，那小蛐蛐和「蟹殼青」顯然不是一個等級的對手，「蟹殼青」比小蛐蛐大出一倍，就像老虎面對小羊，只要一開口，就能把對方咬得身首分離。「蟹殼青」慢慢走著，兩根長鬚在盆底掃動，彷彿在尋找對手。而那小蛐蛐，趴在盆的一角，一動也不動，顯得呆頭呆腦。

張四又嘿嘿一笑，用一根豬鬃芡草在「蟹殼青」的觸鬚上輕輕一碰，「蟹殼青」抖動了一下，張開一對紅色的大牙，猛地往前一躥，眼看就要咬到小蛐蛐，小蛐蛐卻紋絲不動。張四又用芡草重重地去引小蛐蛐的觸鬚，小蛐蛐身體抖動了一下，顯得遲疑不決。這時，「蟹殼青」已經張著大牙衝了上來。小蛐蛐往旁邊一閃，「蟹殼青」撲了個空，豎起翅膀得勝似的叫起來。

張四和那幫小夥子都哄笑起來。小蛐蛐聽到這哄笑聲，突然轉過身，張開一對白牙，勇猛地向「蟹殼青」衝過去。「蟹殼青」當然不甘示弱，也張著牙迎上來。兩對牙齒剛咬到一起，只見小蛐蛐將頭一甩，「喀嚓」一聲，「蟹殼青」已經被重重地甩到了盆的另一邊。

這一甩真厲害，「蟹殼青」被咬得懵頭懵腦，一對大紅牙也歪了。小蛐蛐沒等「蟹殼青」醒過神，又張著牙猛衝過來，一口咬住「蟹殼青」的脖子。張四一看，慌了，連忙伸出芡草，把小蛐蛐擋住，然後用絲網罩把「蟹殼青」套住。

「好了，好了，不鬥了，你的小蟲子路數太野。」張四一邊把他的「蟹殼青」裝回籠子，一邊搖頭，臉上早已沒有了剛來時的那股驕橫。

再看瓦盆裏，小蛐蛐穩穩地蹲在盆中間，豎起一對黑色的翅膀叫起來，這叫聲悠揚清亮，把張四和那一幫小夥子都聽得愣了。柳成很得意，這小蛐蛐，確實不同

凡響。

這時候，出現了一個可怕的場面。柳成家養著的一隻大公雞，也被小蛐蛐的鳴聲吸引，循聲走了過來。柳成發現牠時，牠已經走到了瓦盆邊上。柳成驚叫一聲，想趕走公雞，但來不及了，只見牠對準正在鳴叫的小蛐蛐，一頭啄了下去。

柳成絕望地閉上眼睛，以爲小蛐蛐必死無疑。就在公雞的尖嘴觸及盆底的刹那間，小蛐蛐突然一蹦，跳出了瓦盆。公雞哪裡肯放棄這到了嘴邊的美餐，急忙追上去，眼看那小蛐蛐又到了牠的爪子底下。柳成不知如何才能救他的小蛐蛐，急得直跺腳，對著公雞揮手喊叫。

接下來發生的一幕，使在場所有的人都目瞪口呆。就在公雞的尖嘴再次啄向小蛐蛐的一瞬間，小蛐蛐猛地高高跳起來，正好落在公雞那血紅的雞冠上。公雞不知所措，東張西望呆了片刻，突然「呱」地一聲怪叫，然後伸著脖子，搖擺著腦袋，狂躁不安地又蹦又跳，雞冠上，淌下兩滴鮮血。原來，是小蛐蛐狠狠地咬痛了牠。

公雞呱呱怪叫著跳出門去，那小蛐蛐輕輕一跳，落在了地上，又一跳，回到了瓦盆裏。

柳成看得傻了眼，張四一夥也看呆了。一隻小小的蛐蛐，竟然鬥敗了大公雞！而且，這蛐蛐彷彿有靈性。這樣的事情，如果不是親眼所見，誰會相信？

張四一夥走了。柳成捧著蛐蛐盆，不由得心花怒放。有這樣一個神勇無比的蛐蛐，縣衙門這一關必定能過去了。

他捧著瓦盆走進屋裏，妻子正好從裏屋出來，見他喜不自禁的樣子，便問：「幹嘛樂成這樣？」

柳成說了剛才發生的事情。柳妻聽著，「咦」了一聲，自語道：「奇怪，難道他知道？」

柳成忙問：「誰知道，知道啥？」

「剛才你們在鬥蛐蛐時，柳葉兒躺在床上手腳亂動，好像也看見了一樣。」

兩個人一起走到裏屋，只見柳葉兒安安靜靜地躺在床上，睡得死死的。柳成覺得妻子的聯想很荒唐。

9

第二天，柳成帶著蛐蛐進了縣城。在村口，柳成遇到張四，張四聽說柳成要去縣府交蛐蛐，便跟著去看熱鬧。那隻小蛐蛐打敗了他的「蟹殼青」，還鬥跑了公雞，簡直是神仙下凡，張四想著這件事，一夜沒睡著。他想看看，那小蛐蛐還會創造出什麼奇蹟來。

到了縣府，縣令正升堂等候呢。幾個鄉的里長交上的蛐蛐都是身長體壯，樣子都過得去。輪到柳成時，縣令皺著眉頭問：「這次，你可找到了好蛐蛐？」他還記得，這個老實巴拉的里長上次空手來交差，被狠狠地懲罰過。吃過苦頭，諒他這次不敢再來蒙混過關。

公差接過柳成遞上的瓦盆，放到縣令的案桌上。縣令揭開盆蓋一看，勃然作色道：「你好大的膽！竟敢用這樣的蹩腳貨來充數，給我拉下去！」縣令喊罷，舉起柳成的蛐蛐盆就要往地上摔。

「大人！且慢！」柳成一改往日畏縮的模樣，大聲喊道：「這蛐蛐非同凡響，你千萬不要小看了牠！」

縣令把桌子一拍，怒斥道：「你把我當三歲小兒耍，連個蛐蛐也不識？」

「大人，如若不信，你可以試一試，如果牠被鬥敗了，任大人怎麼處罰，小人決無怨言！」柳成並不退縮，依然鎮靜地爭辯。

這時，站在後面的張四忍不住喊起來：「老爺，他沒有瞎說，這蛐蛐好生了得，連雄雞也鬥牠不過呢！」

縣令嘿然冷笑道：「蛐蛐鬥雄雞，你是做夢看見的吧？好，既然你們都說這蛐蛐好，就鬥一場試試吧。」

縣令讓公差把剛剛收到的一隻紅頭黑翅的大蛐蛐搬到案桌上，又取出一隻蟠龍瓦盆，把柳成的小蛐蛐放進去，接著將那隻紅頭黑翅大蛐蛐也放了進去。兩隻蛐蛐剛交牙，只見小蛐蛐將頭一甩，那大蛐蛐便被甩到了盆外。再把牠捉進盆，卻再也不開牙，只是滿盆亂躥，聽到小蛐蛐的鳴叫，嚇得一蹦又跳出了盆外。

縣令又拿了一隻更大的蛐蛐來，又被小蛐蛐咬得肚裂腿斷。轉眼工夫，那小蛐蛐並沒有費多少力，就把從幾個鄉交來的蛐蛐全都被鬥敗了。縣令先是看得目瞪口呆，繼而快活得手舞足蹈。

眼看沒有什麼蛐蛐再能和牠交手，縣令便問柳成：「剛才說這蛐蛐能把公雞鬥敗，果真有其事？」

柳成點頭回答：「是有一隻公雞想吃牠，反被牠咬得逃走了。」

張四在一邊附和道：「大人，這是我親眼所見，沒錯！」

縣令興致大發，命令公差捉來一隻黑羽蘆花大公雞，體重有七八斤重。大公雞站在公堂中央，抬頭挺胸，兩翅下垂，一對金黃的大爪子穩穩地在青磚的地面上踮動著，樣子不可一世。

一個公差到縣令的案桌上拿蛐蛐盆時，揭開盆蓋，神色緊張地問：「大人，你真的相信這小蛐蛐不會被雞吃了？」

被公差這麼一問，縣令也猶豫起來，他想，好不容易找到這樣一隻善鬥的蛐蛐，如果牠被公雞吃了，不是一場空嗎？

他正想從公差手裏拿過盆蓋，只見盆裏的小蛐蛐嗖地一聲蹦到桌面上，縣令想伸手去捉，卻見牠又一跳，跳到了桌前的地上，再一跳，跳到了離黑蘆花雞不遠的地方。那蘆花雞一見有活食到了嘴邊，豈有不吃之理，趕上兩步，低頭就啄。

小蛐蛐靈活地一跳，閃在一邊，公雞轉過身來再啄，不想那小蛐蛐迎著牠一蹦而起，跳到了雞頭上。那公雞急忙晃動腦袋，想將蛐蛐甩下來，卻毫無用處，小蛐蛐張開白牙，緊咬住垂在雞臉一側的大冠子，任公雞怎麼搖頭也不放鬆。

蘆花雞痛得呱呱亂叫，扇動著一對大翅膀在衙門的公堂裏上躥下跳，樣子狼狽不堪，把一群公差看得哈哈大笑。縣令也轉驚爲喜，從案桌後面站起來，跟在公雞的後面手舞足蹈，連聲喝彩。

黑蘆花雞被折騰得精疲力竭，撲倒在公堂的中央。柳成這才走上前，把叮在雞冠上的小蛐蛐捉到縣令的蟠龍盆中。闔上盆蓋後，只聽小蛐蛐在盆中發出悅耳的鳴叫，偌大的公堂裏，人人都能聽見牠那尖銳而又清亮的叫聲。

縣令大喜過望，他知道，這隻神奇的小蛐蛐，可能大大地拓寬自己的仕途。他誇獎了柳成一番，還當場拿出十兩銀子賞賜給柳成。跟著來的張四，也得了二兩銀子的賞金，樂得合不攏嘴。

柳成懷揣著縣令賞賜的銀子，喜滋滋地回到家裏。一進家門，妻子就問：「你剛才在縣城裏幹啥了？」柳成把那小蛐蛐在公堂上的作爲說了一遍。

柳妻說：「真怪，那小蛐蛐獨自在盆裏待著時，柳葉兒也睡在床上一動也不動，牠要和別的蛐蛐鬥起來，這娃子也在床上手腳亂動。難道，那小蛐蛐和柳葉兒心靈相通？」

聽柳妻這麼一說，柳成心裏格登了一下。他的耳邊，突然響起了柳葉兒曾經對他說過的話：「我要變成一隻最厲害的蛐蛐，把天下所有的蛐蛐都鬥敗！」那是他被打傷後躺在病床上時，柳葉兒安慰他的話。柳成趕緊走進裏屋，只見柳葉兒安安靜靜躺在床上，彷彿什麼也沒有發生過。

柳成凝視著昏睡的兒子，心裏一陣酸楚，他輕輕地拍著柳葉兒的臉，顫聲喊道：「我的娃，你醒來，你醒來啊！」

柳葉兒眼皮動了一下，卻再也沒有別的反應。

10

日子一天一天過去，柳葉兒躺在床上，一直昏睡著醒不過來。不過，他常常會手腳發顫，口中還會發出輕微的噓聲。有時候，躺在床上的柳葉兒能做出一些奇怪的動作，他雙手擺動，兩隻腳也有節奏地蹬著床，好像是在夢中跳舞。這時，柳成便會想起那隻小蛐蛐，他的眼前，會出現那小蛐蛐和別的蛐蛐格鬥的場面。

他守在兒子身邊，口中呼喚著兒子的名字，眼裏噙著淚水，滿心都是酸苦。他覺得是自己害了兒子，兒子是在為他廝殺，為他受累。等西北風一刮，蛐蛐都得死，那隻小蛐蛐想來也不會例外。他不知道那時柳葉兒會怎麼樣。他不敢往下想。

兩個月後的一天早晨，鄉里的公差又找上門來。當初，就是這個公差逼著柳成當里長的，看到這傢伙，柳成又恨又怕，如果不是他逼著自己當那斷命的里長，他也不會去動腦筋捉蛐蛐，兒子也不會去跳井變成現在這個模樣。這回來，不知他又要玩什麼新名堂。

只見那公差一臉媚笑，進門先作揖，然後才說話：「柳先生，恭喜你啦！」

柳成聽到公差稱他為「先生」，不覺一愣。看公差的表情，不像是調侃他。柳成苦笑著說：「你取笑我幹啥?有什麼值得恭喜的。」

「柳先生，你這次找到的蛐蛐，可不得了，現在已經到了皇上那兒了。」公差說話時，一直彎著腰，就像在縣衙門裏面對著縣太爺一樣，「你交上蛐蛐的第二天，京城的欽差大人正好來視察，縣府大人把這蛐蛐獻給了欽差大人。欽差大人用牠鬥了幾十場，場場都贏，贏得樓房千座，田地萬頃，還有成群的美人，當然歡喜得不得了。」

「那蛐蛐現在怎麼樣?」柳成急忙問。

「別著急，你聽我慢慢講。」公差咽了咽口水，眉飛色舞，「欽差大人專門爲這蛐蛐打了一個金籠子，把牠送進了皇宮。他還寫了一本奏章，專門講那蛐蛐的種種好處。在皇宮裏，你那蛐蛐可是出盡了風頭。當今皇上喜歡蛐蛐，全國各地最厲害的蛐蛐都進貢到皇宮裏，那可是雲集了天下猛將呀!可沒有一隻蛐蛐能及得上你那蛐蛐，在皇宮裏，一場一場地鬥下來，所有的蛐蛐都敗在了牠的手下。還有更奇妙的，皇宮裏鬥蛐蛐時，有樂隊伴奏，每當這蛐蛐得勝後，便會跟著琴瑟鼓樂翩翩起舞。皇上龍顏大悅，把牠當作寶貝，還封牠爲『安國威猛大將軍』。你說榮耀不榮耀？」

柳成無心聽這些，他只想快些知道結局，便連聲催問：「後來怎麼樣？」

「你急什麼，」公差不理柳成，只管自己說，「後來，欽差大人因進貢寶貝有功，官升一級，皇上還賞賜他名馬和綾羅綢緞。欽差大人不是個忘恩負義的人，他還記得這好處是靠了誰得的，便一級級發話下來，把我們的縣官大老爺大大地誇獎了一番，說他是難得的人才。過幾天，縣官大老爺也要高升了。」

「那麼，那蛐蛐在哪裡？」

「那還用問，當然還在皇宮裏享福。你猜一猜，牠給你帶來了什麼？」公差把手伸到褡褳中，賣關子似的掏摸著。

「帶來什麼？」柳成瞪大了眼睛問。

公差笑著從褡褳中掏出一大封銀子，愛不釋手地撫摸了一番，才送到柳成手中。

「你瞧，欽差大人也想著你吶，這是他賞給你的。」公差嘴裏說著，眼睛卻死死地盯著柳成手裏的銀子。

柳成自然會意了，連忙拆開封條，取出兩錠銀子送給公差，公差笑得齜牙咧嘴，又說：「還有好事呢！我們的縣官大老爺也是個賞罰分明的人，他也記著你的功勞呢，你的里長差事，他給你免了。這碗飯不好吃，還是讓給別人去消受吧。縣官大老爺知道你是個讀書人，盼望功名，已經吩咐鄉試官，補給你一個秀才。這不是你日思夜想的大喜事麼？過幾日，就給你送喜帖來。」

公差這一番話，把柳成聽得暈暈乎乎。這樣的好事，他以前做夢也不敢想，現在，竟一古腦兒地從天而降。蛐蛐啊蛐蛐，這些日子裏這麼多曲曲折折的大悲大喜，全都是由你引起，這算什麼世道？

柳成送走公差，心裏牽掛著兒子，走進裏屋，只見妻子坐在床邊，滿臉喜悅。

「孩子剛才開口了！」

「他說什麼？」柳成驚喜地問。

「他喊了一聲爹，還說我要回家。」柳妻摸著柳葉兒的額頭回答。只聽柳葉兒輕輕地噓了一口氣，手腳微微動了一下，卻沒有睜開眼睛。

柳成走到柳葉兒身邊，蹲下身子凝視著柳葉兒消瘦的臉，嘴唇動了一下，還沒有說話，眼圈先紅了。他貼近柳葉兒的耳朵，低聲說道：

「兒啊，都是我把你害苦了。我知道，你心疼我，一心想著幫我。現在，你已經幫家裏度過了難關，還帶來了好運。可你如果一直這樣睡下去，榮華富貴對我們又有什麼意思?我求求你，趕快回家吧！」

柳成哽咽著，再也說不下去，柳妻也在一邊陪著流眼淚。柳葉兒噓了一口氣，嘴動了一下，還是沒有醒過來。

11

北風越來越緊。樹上的枯葉被風一刮，都掉了下來，滿天打旋。田野裏，已經聽不到蛐蛐的鳴叫。

三天後，公差真的送來柳成補中秀才的喜帖。鄰居們聽說後，紛紛過來道喜，張四也來了。柳妻張羅著給大家倒水。

柳成的臉上卻並無喜色，他呆呆地坐著，似乎對那個從天上飛來的秀才頭銜沒有什麼興趣。

鄰居們正在七嘴八舌地搭訕著，只見柳成的臉色突然大變，他緊張地站起來，自言自語道：「來了！來了！」

鄰居們都覺得詫異，以爲柳成的腦子出了問題。

「你們聽見了沒有？」柳成側耳聆聽著，激動地問。

鄰居們沒有回答，因爲人人都聽見了，從屋外，很清晰地傳來了一陣蛐蛐的叫聲，這叫聲很特別，尖銳而又清亮。鄰居們覺得陌生，柳成卻耳熟得很。他跳起來，打開門，門外卻什麼也沒有，蛐蛐的叫聲也消失了。

這時，柳妻突然哇地一聲驚叫起來：「啊呀！我的兒！」

柳成回頭一看，像被霹靂擊中一樣，驚呆了：裏屋門口，柳葉兒站在那兒，揉著惺忪的眼睛，驚奇地看著屋裏的人。

柳成一個箭步跑過去，一把將柳葉兒抱起來，父子倆緊抱著滿屋子轉。柳成激動得淚流滿面，淚水流到了兒子的臉上，爲父的威嚴，此刻拋到了九霄雲外。

柳葉兒笑著將嘴巴貼在父親的耳朵上輕聲說：「爹爹，你猜我去了哪裡？我從皇宮裏回來！在皇宮裏，我腳一伸，就不知道了，醒過來，就回到家裏了。」

柳成點著頭，他相信兒子說的都是真的。

父子倆親熱了一會兒，柳成把柳葉兒放下來，擦著臉上的淚水。鄰居們見昏睡了兩個多月的柳葉兒奇蹟般地醒過來，紛紛向柳成道喜。

柳成笑著對鄰居們說：「今天我家裏雙喜臨門，多謝諸位來。大家都不要急著走，留下來喝一碗酒！」他拿出一錠銀子，讓妻子出門去打酒切肉，自己親手在家裏張羅起來。柳葉兒又像從前一樣，在父親身前身後轉來轉去，忙個不停。

那天，柳成和鄰居們一起喝得酩酊大醉。在酒席上，張四問柳成：「你可知道，你的那隻寶貝蛐蛐，現在在哪裡？」

柳成隨口答道：「在家裏。」

張四笑道：「聽說那蛐蛐在皇帝那兒呢，怎麼會回到你手中呢？寶貝到了皇帝的手裏，誰拿得回來。你醉啦！」

這時，在一邊玩的柳葉兒插進來說：「告訴你們，我就是那隻蛐蛐！我把天下所有的蛐蛐都鬥敗了！」

鄰居們一聽，哈哈大笑，都以爲這孩子在說笑話。只有柳成夫婦，暗暗相視會

心一笑。

再看柳葉兒，在一邊手舞足蹈，搖頭晃腦，一臉的頑皮。那舉動，仍然有點像那隻蛐蛐呢。

風雲動物文學

與象共舞

作者 趙麗宏
出版者 風雲時代出版股份有限公司
出版所 風雲時代出版股份有限公司
地址 105台北市民生東路五段一七八號七樓之三
網址 http://www.books.com.tw
電子信箱 h7560949@ms15.hinet.net
服務專線 （〇二）二七五六一〇九四九
傳真 （〇二）二七六五一三七九九
郵撥帳號 一二〇四三二九一
執行主編 朱墨菲
封面設計 蕭麗恩
法律顧問 永然法律事務所 李永然律師
北辰著作權事務所 蕭雄淋律師
版權授權 趙麗宏
出版日期 二〇〇八年七月初版
定價 新台幣一八〇元
總經銷 成信文化事業股份有限公司
地址 台北縣新店市中正路四維巷二弄二號四樓
電話 （〇二）二二一九一二〇八〇
行政院新聞局局版台業字第三五九五號
營利事業統一編號二二七五九九三五

國家圖書館出版品預行編目資料

與象共舞／趙麗宏 著. -- 初版. -- 臺北市：
風雲時代, 2008.06
面；公分

ISBN 978-986-146-459-6（平裝）

855 97008908

Dance With the Elephant